小说家的散文

肖复兴 著

总有人
会让你想起

河南文艺出版社
· 郑州 ·

图书在版编目（CIP）数据

总有人会让你想起/肖复兴著. —郑州:河南文艺出版社,
2018.10

（小说家的散文）

ISBN 978-7-5559-0668-1

Ⅰ.①总… Ⅱ.①肖… Ⅲ.①散文集-中国-当代 Ⅳ.①
I267

中国版本图书馆 CIP 数据核字（2018）第 116230 号

总有人会让你想起

zǒng yǒu rén huì ràng nǐ xiǎng qǐ

选题策划　　陈　静
责任编辑　　张　娟
书籍设计　　刘婉君
责任校对　　陈　炜
责任印制　　陈少强

出版发行　　河南文艺出版社
本社地址　　郑州市鑫苑路 18 号 11 栋
邮政编码　　450011
售书热线　　0371-65379196
承印单位　　河南瑞之光印刷股份有限公司
经销单位　　新华书店
开　　本　　787 毫米×1092 毫米　1/32
印　　张　　9.25
字　　数　　179 000
版　　次　　2018 年 10 月第 1 版
印　　次　　2018 年 10 月第 1 次印刷
定　　价　　38.00 元

作者简介

　　肖复兴，作家，1947 年生于河南信阳，自幼在北京长大，到北大荒插队六年，当过大中小学教师十年。曾任《小说选刊》副总编、《人民文学》副主编。出版长篇小说、中短篇小说集、报告文学集、散文随笔集和理论集一百余部。近著有《肖复兴文集》（十卷）、《肖复兴散文精选》（六卷）。

目录

辑一

辑二

辑三

辑一

寂寞的冰心

虽然离上飞机回京的时间很紧张了,我还是去了一趟冰心文学馆。以前来过福州几次,都以为长乐离福州很远,这一次朋友说福州的机场就在长乐,离冰心文学馆只有二十几公里,便决心一定去那里看看。

向往冰心文学馆,已经很久。二十年前,1997 年,冰心文学馆建立前夕,原在《福建文学》工作的王炳根曾经告诉我,他要调到那里去做馆长,我很为他高兴,因为他可以天天守在冰心的身边,那是一种难得的幸福。

读中学的时候,冰心是我的最爱。那时候,我就读的汇文中学是当年庚子赔款建立的一所老学校。在学校书架顶天立地的图书馆里,我发现有一间神秘的储藏室,被一把大锁紧紧地锁着。我猜想那里应该藏着许多新中国成立以前出版的老书和禁书。每次进图书馆挑书的时候,我的眼睛总禁不住盯着储藏室大门的那把大锁看，想象着里面的样子。

当时，负责图书馆的高挥老师看出了我的心思，她破例打开了那把大锁，让我进去随便挑书。我到现在仍然清晰地记得第一次走进那间光线幽暗的屋子里的情景，小山一样的书，杂乱无章地堆放在书架上和地上，我是第一次见到世界上居然有这样一个地方藏着这样多的书，真是被它震撼了。那一年，我刚刚升入高一。就是那一年，我从这间阔大的尘埋网封的储藏室里，找全了冰心在新中国成立前出版过的所有文集，包括她的两本小诗集《春水》和《繁星》。我迷上了冰心，抄下了从那里借来的冰心的整本《往事》，还曾天真却是那样认真地写下了一篇长长的文章《论冰心的文学创作》，虽然一直悄悄地藏在笔记本中，到高中毕业也没有敢给一个人看，却是我整个中学时代最认真的读书笔记和美好的珍藏了。

作为读者，我读冰心至今已经五十四年。我不算是她最老的读者，但也是一个老读者了。曾经到过美国冰心就读的威斯利大学，也曾经到过冰心的家中，唯独少了到她的文学馆。在她家乡建立的文学馆，应该更能清晰地触摸到她一生的足迹和心迹。

冰心文学馆建在长乐市中心。白色的建筑在池塘前立着，红色的朱槿花开着，赵朴初题写的"冰心文学馆"的木牌挂着，九月南中国的阳光灿烂地照着。整幢大楼里空无一人。和我想象中的冰心文学馆完全不同。在二楼的展览大厅里，看完了展览，尽管大多数是照片,真正的实物不多,但满满一面墙的各种版本的冰心著作,她的已经褪了颜色的钢笔书写的手稿,1926年第一次出版她的文集上,题写着她送给她美国老师的纤细的英文,她手把手教孩子制作的小橘灯,还有那无数孩子寄给她的信件……还是让我心动,忍不住想起曾经读过的抄过的背诵过的她的很多作品,还有她那略带沙哑的嗓音,以及温煦如风的笑容。

空旷的展厅里,似乎有冰心声音的回声在荡漾,有无数个娇小的冰心的身影,从各个角落里向我走来。

参观完毕,走出展览大厅,依然是空无一人,想在春水书屋的小卖部买一张木刻的冰心像,却也找不到一个人。只有那几帧单薄的黑白木刻小画,在柜台里静静地待着。

忽然觉得冰心是寂寞的。一楼大厅里,在大海背景前端坐的冰心雕像是寂寞的。咖啡厅里,没有咖啡、没有茶香、没有人的桌椅是寂寞的。系着红领巾的冰心头像前的触摸屏是寂寞的。放映厅只有白白的一面墙也是寂寞的。展厅外,空旷的庭院里,绿色的树,红色的花,前面池塘里清静的水是寂寞的。花岗岩石座上刻有"永远的爱心"上面立有冰心和孩子们交谈的汉白玉雕像已经裂开了一道粗粗的裂纹是寂寞的。文学馆一进正门就能看到的喷水池后刻有冰心的名言"有了爱就有了一切"的花墙,喷水池没有喷水,更显得寂寞。

想想,在任何一个时代,文学其实都是寂寞的。尤其是在商业化的时代里，文学家是无法和明星比肩的。那一年去甪直叶圣陶先生的墓地，墓地和墓地前的展览大厅、四方亭、未厌亭和生生农场，也都是寂寞的，空无一人。尽管如今各种甚至未死文人的文学纪念馆方兴未艾还在建。长乐人心里比我们都清楚，文学馆不是剧院，不是歌厅，不是咖啡馆，从来不会那么热闹。文学和文人是寂寞的，其作用在他们作品的细雨润物，潜移默化，无声无形，却绵延幽长。所以，冰心文学馆，如今还在建设中，四围搭起围挡，里面在大兴花草树木，要建设成一座冰心公园。这是一个远见之举，它比单纯的生平展览更能深入人心。

想起前几年在美国普林斯顿的镇中心，看到将美国著名的黑人男低音歌唱家罗伯逊的故居，改造为儿童乐园和附近成年人免费学习艺术的场地。和冰心公园相比，有异曲同工之妙。又想起前两年，路过广东萧殷的故乡佗城，那里的人们没有建他的故居，而是在城中心特意开辟了一处街心公园，在公园里立起一块石碑，只在石碑上刻写"萧殷公园"四个大字，萧殷便和来来往往的家乡人天天朝夕相处。因此，冰心公园，更让我期待。

吃过午饭，又路过冰心文学馆，看见一对四五十岁的夫妇，从穿着看，像我一样的外乡人，正站在大门外一面院墙前自拍，墙上有"冰心文学馆"五个醒目的大字。这一对夫妇，多少给我些安慰。或许，我不该这样悲观，冰心不会寂寞。

坐在回北京的飞机上，长途寂寂，闲来无事，写下一首打油

诗,记录此次造访冰心文学馆之行,聊以遣怀:

清秋长乐访冰心,偌大展厅无一人。

常忆夜灯抄白夜,每看春水读青春。

浪来笔落风前老,梦去诗成雪后新。

深院空闻鸟声响,幽花寂寞与谁邻?

2017 年 9 月 25 日于长乐归来

气节陵夷谁独立

《十力语要》卷四中，有这样一段话，记录了从来不读小说的熊十力读《儒林外史》的一则逸闻。

他说："吾平生不读小说，六年赴沪，舟中无聊，友人以《儒林外史》进。吾读之汗下，觉彼书之穷神尽态，如将一切人，及吾身之千丑百怪，一一绘出，令吾藏身无地矣。"

熊十力头一次读小说，竟然将自己设身处地在小说之中，《儒林外史》中种种读书人的千丑百怪，成了他自己的一面镜子，照得他汗颜而藏身无地。这是只有熊十力这样的哲人，与一般学者和评论家读小说的区别，很少有学者和评论家舍身试水，将小说作为洗濯藏污纳垢自身的一池清水。

这是有原因的。熊十力一直坚持自己的"本心说"和"习心说"。这是熊十力的重要学说。也就是后来有人批判的唯心主义学说。他认为，"本心"是道德价值的源头，所以要坚持本心，寻找本心,发现本心。而"习心"则是从本心分化剥离出来的,是受到外界的诱惑污染的异化之心。所以,他说拘泥于"习心",掩蔽了"本心",从而偏离了道德的源头,便产生了善与染的分化。

在这里,又出现了"善"与"染"两种概念,这是熊十力特别讲究的两个名词。他说:"染即是恶。""徇形骸之私,便成乎恶。"他说:"净即是善。"就是面对恶的种种诱惑"而动以不迷者"。

于是,他强调坚持"本心",就要"净习",用现在的话说,就是要和染出的种种恶,做自觉的抵制乃至斗争。所谓"净习",就是操守、涵养、思诚,这些已经被很多聪明的现代人和"精致的知识分子"称为无用的别名,而早不屑一顾。熊十力却说:"学者功夫,只在克己去私,使本体得以发现。"只是,如今的学者和熊十力一辈学者,已不可同日而语。所谓学者功夫,早已经无师自通的"功夫在诗外"了。

作为我国新儒家的国学大师,熊十力的学说博大精深,很多我是不懂的。但是,这个"本心说"和"习心说",还是可以多少明白一些的,因为不仅他说得十分清晰明了,而且具有现实意义。这不仅是他的哲学观,也是他的道德观,也应该成为我们的哲学观和道德观。

明白了这一点,我们也就明白了,1946年,他的学生徐复观将他的《读经示要》一书送给蒋介石,蒋介石立刻送给他法币两百万元。熊十力很生气,责怪徐复观私自送书给蒋介石,拒收这笔款项,表现出一位学人的操守,亦即他所坚持的"本心"所要求的

"净习"。后来，架不住徐复观反复劝说，熊十力勉强收下了，但马上将款转给了支那内学院，如此对金钱毫不沾手，可以称为"净"。

我们也就明白了，1956年，熊十力的《原儒》一书出版，得稿费六千元人民币。这在当时不是一笔小数目，他拿一级教授最高的工资，每月也只有三百四十五元。六千元，相当于他一年半的工资总额，在北京可以买一套相当不错的四合院了。但他觉得当时国家经济困难，他不要这笔稿费。后来，也是人们反复劝说，他坚决表示只拿一半三千元，不能再退让一步。

对于大多数世人追逐的名与利，熊十力有自己的见解和操守。他曾经说过这样一段有意思的话："所谓功名富贵者，世人以之为乐也。世人之乐，志学者不以为乐也。不以为乐，则其不得之也，固不以为苦也。且世人之所谓乐，则心有所逐而生者也。既有所逐，则苦必随之。乐利者逐于利，则疲精敝神于营谋之中，而患得患失之心生，虽得利而无片刻之安矣。乐名者逐于名，则徘徊周旋于人心风会迎合之中，而毁誉之情俱。虽得名，亦无自得之意矣。又且逐之物，必不能久，不能久，则失之而苦盖甚。"

这段话，熊十力好像是针对今天而特意说的一样。他说得多么的明白无误，名与利的追逐者，因为有了追逐（如今是名目繁多花样百出的追逐），苦便随之而来，因为那些都是熊十力所批判过的"习心"所致。志学者因为本来就没有想起追逐它们，不以为乐，便也不以为苦，而求得神清思澈，心地干净。万顷烟波鸥境界，九秋风露鹤精神，落得个手干净，心清爽，精神宁静致远。熊十力方才能够无论世事如何跌宕变化而心有定海神针，坚持他的著书立说，一直坚持到七十七岁时完成了他最后一部著作《乾坤衍》。在这本书中，他夫子自道："余患神经衰弱，盖历五十余年。平生常在疾苦中，而未尝一日废学停思。……本书写于危病之中，而心地坦然，神思弗乱。"

只是如今就像崔健的歌里唱的那样：不是我不明白，是这世界变化快。熊十力所能做到的"神思弗乱"，已经让位于他所说的"逐"而纷乱如麻。这个"逐"，不仅属于他所说的世人，也属于不少志学者情不自禁的自选动作。不仅止于名与利，还要再加上权与色，如巴甫洛夫的一条高智商的犬，早知道以那条直线抄捷径去追逐他们所需要的东西。可怜熊十力的"本心说"，在他的"习心说"面前，已经落败得丢盔卸甲。

想起熊十力这些言说，便想起放翁曾经写过的诗句："气节陵夷谁独立，文章衰坏正横流。"在这里，放翁说的文章并不只是说的文字而已，而是世风，说知识分子的心思，也就是熊十力所说的"习心"。有了这样"习心"的侵蚀，气节和操守方才显得那样的艰难和可贵。可以说，熊十力是这样在气节陵夷时候特立独行而远逝的一位哲人。

2017 年 9 月 15 日于北京

岁月陶然

日子实在是有些不抗混。20世纪80年代,文学界最为活跃,现在想想,活跃得有点儿像打了鸡血,却也比现在单纯而值得怀念。算一算,三十来年过去了,那时候结识的朋友,现在还有来往的,所剩无几。陶然是硕果仅存的几个朋友之一。起码,对于我是这样,便越发珍重。

陶然重情重义。不管浮世、人事或人情如何跌宕,他始终如一,注重友情,比爱情更甚,真的世上少有。平日里,他在香港,我在北京,联系并不多,友情和爱情的不同,便在于不见得非要天天死缠一起,依然顽强地存在。友情如风,即使不看见,却始终在你的身边吹拂,而不是风向标,随时变换着方向,寻找着出路和归路。

我和他相识在80年代末,那时,他在香港办《中国旅游》杂志,后来,又主编《香港文学》。但是,他没有架子,没有那么多酒肉关系的吃喝玩乐,他的身份始终是一个,便是朋友。

每一次,他到北京,无论是开会,还是到他的母校北京师范大学,他总会约我见上一面,或清茶朗月,或白雪红炉,畅谈一番。那一年,我们相约在王府井见面,不过是在路南口的麦当劳随便吃了点东西,然后,我们边走边聊,顺便送他回住地。他住在通县靠近城东的一家宾馆,我们就沿着长安街向东,一直走到那里。那时,京通快速路还没有修通,路上没有那么多的车水马龙,或者有,我们只顾着聊天,没有听见市声的喧嚣。去年年底,他来北京参加作代会,看到花名册上有我的名字,给我打电话,想约上一见,可惜那时我正在呼和浩特姐姐的家中。电话里,他语气中颇多遗憾,却兄长一样关心叮咛,让我感受到塞外冬天难得的温暖。

前不久,他寄来他厚厚近五百页的新书《旺角岁月》(香港文学出版社 2017 年 4 月版),是他近年散文创作浩浩的集合。见不到他的日子,读他的作品,如同晤面。因融有感情,读起来格外亲切亲近,就像听他娓娓而谈。在这本新书中,他写人,写事,写景,一如过去的风格。有人的风格多变,有人的风格以不变应万变,陶然属于后者,为文,为人,互为镜像,高度统一。白居易有诗:万物秋霜能坏色。陶然难能可贵,是不随秋霜而变色,保持始终如一的眼观浮世,笔持太和的风格,静水流深,水滴石穿。

在这本新书中,他写香港,写大陆和台湾,也写很多世界的其他地方。在陶然的散文创作里,有着明显的地理概念,这是我们古人知行合一，神与物游的古典传统。凡是他足迹踏过的地方，他一般都会留下文字，这些文字，不是一般的到此一游的旅游笔记，而是留下他的心情如鲜花盛开，甩满身前身后幽深交叉的小径。

我最喜欢他写香港的篇章，自从他1973年从北京到香港，已经有四十余年了，自然对那里更富有感情，尽管他的文字清淡如水，却是一潭深水，而不是轻易便冒着泡沫溢出瓶口的汽水。他写第一次到香港下火车的尖沙咀火车总站，如今变为了红磡，只有钟楼尚在。他写第一次在香港看电影的国都戏院，如今已随两百余家戏院一起被关掉，代之而起的是商业楼盘。他写英皇大道旁的小山丘，如今早已经被炸掉，金城银行、麦当劳和地产公司耸然而立。他写街角店铺并非公共却供人方便使用的电话，如今已经进入网上新世界……他不动声色却又细致入微地道出了世风民情变化的同时香港的发展变化，他将地理的变化演绎融入了历史的沧桑感。

他也写香港的茶餐厅、咖啡馆、老街巷、街头艺人，写旺角响着音乐声的雪糕车、湾仔长在石墙缝隙间神奇的石墙树、大角咀的排长队的"车品品小食店"、油麻地平民的庙街……在这些篇章中，弥漫着浓重的怀旧色彩。但他以极其克制的笔调，写得那样的云淡风轻，大味必淡。看似平易至极的文字，却是精心打磨的。他注意炼字炼意，在这本书的前言中，他说过一句有意思的话：

"一句足以传世的句子,就像梦露裙摆吹拂,一个镜头变成永恒。"这是他的追求。看他写大角咀夜市琳琅满目的小吃后,只是一笔便戛然而止:"我们刚晚饭,无意宵夜,便慢慢踱回去,春夜正在倾斜。"余味袅袅,写得真的是好。

他写他曾经住过四十余年的鲗鱼涌,写得最是富于怀旧的感情。文章开门见山,四十年前投奔姐姐,第一次到鲗鱼涌,而今旧地重游,他写道:"有轨电车叮叮当当从街当中穿过,这响声一直响着,见证了岁月渐渐老去。"结尾又写到有轨电车:"那叮叮当当了超过百年的有轨电车依然,车身尽管不断变换,广告也五花八门,但电车依旧从东到西,再从西到东,不紧不慢,贯穿香港岛,静静笑看风云。"他总是能找到寄托自己情感的东西,这一次,他找到了老有轨电车,他便将自己哪怕在心中再翻江倒海的情感,也化为涓涓细流,不紧不慢,静静地流淌。可以说,这就是他一贯的风格。

我说他是一个重情重义的人,无论对人对事对景,对再琐碎的事物,都是如此。这样性情的人,怀旧之情,便常会如风吹落花,飘时犹自舞,扫后更闻香。拥有一支这样静穆情深之笔的人,是幸福的。在这样的笔下,岁月陶然,心亦陶然。

2017 年 8 月 29 日于北京

总有人会让你想起

鲁秀珍已经去世好长时间了。退休之后,和外界联系很少,消息闭塞,前不久我才知道她过世了。记得她退休几年之后有一年的春节前夕,她给我写来一封信,信中寄来她手绘的贺年卡。她画得不错,退休之后,她喜欢上了丹青,以后,几乎每年的春节前夕,我都会收到她寄来的手绘贺卡。

看到第一封信的信封,是从上海一个叫作万航渡的地方寄来的。当时,我还有些奇怪,她家一直在哈尔滨,怎么跑到上海去了?看信才知道,退休之后几年,她一直忙乎搬家,最后,终于卖掉了哈尔滨的房子,住到她先生家乡上海万航渡的新房子里。

我给她回了信,附了一首打油诗:人生草木秋,转眼白谁头。今日万航渡,当年一叶舟。烟花三水路,风雪七星洲。犹自思老鲁,黄浦江旧流。

诗中说了一件我和她都难以忘记的往事。那是 1971 年的冬天，我在北大荒，在大兴岛上一个生产队里喂猪，在猪号寂寞的夜里无事干，写了一篇散文《照相》，发表在我们《兵团战士报》上，怎么那么巧，被她看到。当时，她正参与筹备《黑龙江文艺》（即原《北方文学》）的复刊工作，觉得我的这篇散文写得不错，但需要好好打磨，便独自一人跑到北大荒找我。

她比我正好大一轮，那一年，我二十四岁，她三十六岁。怎么那么巧，都是我们的本命年。

虽都在黑龙江，但从哈尔滨到北大荒我所在的三江平原上的大兴岛，路途不近。那时，交通不便，我回家探亲时，要先坐汽车过七星河，到富锦县城，从县城可以在福利屯坐火车到佳木斯，也可以坐长途汽车到佳木斯，然后再搭乘火车到哈尔滨，最快也需要一天半的时间。我不知道她是怎么找到我所在的那个偏远的猪号的。因为我没有见到她，当时，我正休探亲假回到北京。不过，我可以想象，那个正满天飞雪刮着大烟泡的冬天，她一个人跑到那里是不容易的。我的诗里说"当年一叶舟"，肯定是没有的了，冰封的七星河上，她孤独的身影，在我的记忆里，永远是一幅画。有哪一个编辑，为一个普通作者，一篇仅有两千多字的小稿子，会跑那么远的路吗？幸运的我，遇到了。

她给我留下一封信，按照她很具体的修改意见，我将稿子改了一遍，寄给了她。第二年的春天，我的这篇《照相》刊发在复刊的《黑龙江文艺》第一期上。这是我发表在正式刊物上的处女作。

她写信给我，希望能够继续写，写好了新东西再寄给她。我想，要好好写，不辜负她。过了一年，1973 年的夏天，我写了一组《抚远短简》，一共八则，觉得还算拿得出手，抄了满满三十六页稿纸，厚厚一沓，寄给了她。谁知一直没有收到她的回信。猜想，大概是我写得不好，没有入她的法眼。

　　这一年的秋末，父亲突发脑溢血去世，家中仅剩老母一人，我从北大荒赶回北京奔丧之后，没有回北大荒，等待着办"困退"回京。这一年的年底，她给我寄来了一封挂号信，信中寄回我的那一组厚厚的稿子《抚远短简》。可惜，这封信转到我手里的时候，已经是 1974 年的开春。

　　我没有保存旧物的习惯，这封信和这篇稿，能保存下来，是因为我想按照信中所提的意见和要求，改好稿子，便没有丢。幸亏有她的这封挂号信，将她的这封信和我的这一组稿子，保留至今。这是我仅存的她写给我的一封信，也是我自己在北大荒写的稿子中仅存的一篇。我用的是圆珠笔，她用的钢笔，颜色居然一点没有减退，四十三年过去了，依然清晰如昨，这真的是岁月的神奇。

　　我很想把她的这封信抄录下来。尽管信中有那个时代抹不去的旧痕，但也看得出那个时代编辑的真诚与认真，对一个普通业余作者的关心和平等与期待。雪泥鸿爪，笺痕笔迹，至今看来，还会让我眼热心动，相信也会让今天的人心生感慨——

肖复兴同志:

您好! 实在对不起,您的稿拖了这么久,一方面是忙于定稿,组稿,办学习班,未抓紧;另一原因,感觉此稿有些分量,要小说组传阅一下,结果就拖了下来。特向您致以深深的歉意!

您的《照相》在我刊发表后,引起较好的反应,认为您在创作上不落旧套,敢于创新,无论内容还是表现手法,都力求有自己的特点,这点很可贵,希望发扬光大。创作本不是"仿作"嘛!

《抚远短简》也有这个特点,是有所感而发,在手法上也有新颖之处:比较细致,含蓄,形象。

我们初步看法,供你修改时参考:

《路和树》,在思想上怎么区别当年十万官兵开垦北大荒? 你们毕竟是在他们踏荒的基础上迈步的,但又要有知识青年的特点。这个特点显得不足。路——是否应含有与工农相结合的路之意,现在太"实"了。

《水晶宫场院》,如何点出人们不畏高寒,并让高寒为人民(打场)服务的豪情? 没有从中再在思想力量上——给人思想启发的东西,如何加以发挥?

《珍贵的纪念品》,要点是衣服为什么今天穿? 如写他今天参加入党仪式时候穿,好不好? ——以这身衣服,连接起知识青年的过去和展示入党以后如何以此作为新的起点？……现在感到无所指，就显得有些造作了。

我们初步选了这三则"短简"，望您能把它改好，如有可能，最好在一月底二月初寄来，以便我们安排全年的发稿内容。

其他五则：

《第一面红旗》，寓意不十分清楚，谁打第一面红旗？写人不够。《普通的草房》，较一般，语言较旧。《战友》，亦然。《荒原上的婚礼》，场面多，思想少。《家乡的海洋》，较长。

这些就不用了。

最后，再嘱咐一点：修改时，要力求调子铿锵，时代感鲜明，现在，此文有时显得小巧，柔弱了些。

其次，要在每文和全文的思想深度上，多下功夫，通过形象来阐述一个什么哲理。现在，感到叙述抒情多了一些，思想力量不够。

祝作品更上一层楼！

这封信的最后只有"1973年12月23日"的日期，没有署上鲁秀珍自己的名字，而是盖了一个"黑龙江文艺编辑部"的大红印章，也算是富有那个时代的特色吧。

遗憾的是，我很想重新修改这篇《抚远短简》，但是，在北京待业在家，焦急等待调动回京的手续办理，一时心乱如麻，已经安静不下来修改稿子了。

我和她再续前缘，是八年后的事情了。1982年的夏天，我从中央戏剧学院毕业，和梁晓声等人一起组织了一个北大荒知青回访团，第一站到哈尔滨。《黑龙江文艺》（已经更名为《北方文学》）接待的我们。我第一次见到了鲁秀珍，我应该叫她大姐的，因为她和我姐姐年龄一样大，但是，习惯了，总是叫她老鲁，一样的亲切，尽管是第一次见面，却没有陌生感，一眼认出彼此，好像早已相识。

那一天中午，《北方文学》接风，长如流水的交谈伴着不断线的酒，热闹到了黄昏。本来我就酒量有限，那天，我是喝多了，头重脚轻，走路跟踩了棉花一样，摇摇晃晃。散席归来时，她始终搀扶着我的胳膊，尤其是过马路时，车来车往，天又忽然下起雨来，夕阳未落，是难得的太阳雨，很是好看，但路面很滑。她紧紧地抓住我，生怕有什么闪失。那一天细雨街头哈尔滨的情景，让我难忘，只要一想起哈尔滨，总会想起那一天傍晚时分的太阳雨，和紧紧抓住我胳膊的老鲁。

事后，她对我说：你喝得太多了，你的同学还等着你呢，我得把你安全地交到人家的手上啊！

那天，我的同学，也就是我在《照相》里写的主人公，从下午一直坐在《北方文学》编辑部老鲁的办公桌前等着我，等着我到她家去吃晚饭。老鲁把我交到她的手上，仍然不放心，又紧紧地抓住我的胳膊,把我们两人送到公共汽车站。

人生在世,会遇到不少人,从开始的素不相识,到后来的相识,以至相知。相识的人,会很多,但相知的人很少。相知的人,彼此相隔再远,联系再少,也常会让人想起,这就是人的记忆的特殊性。因为在记忆中,独木不成林,必须有另一个人存在,才会让遥远过去中所有的情景在瞬间复活,变为了鲜活的回忆。对老鲁的回忆,我总会有两种语言,或者两种画面:一种是雪(四十四年前北大荒的雪),一种是雨(三十五年前哈尔滨的太阳雨);一种是画(退休后手绘的贺卡),一种是笔(四十三年前的信);一种是我,一种是你,亲爱的老鲁!

2017 年 8 月 13 日于北京雨中

送给诗人的礼物

——苏金伞先生逝世二十周年纪念

端午节那天,我在郑州火车站。候车大厅里人非常多,好不容易找到一个座位,坐下等车回北京。离开车时间还早,正好书包里有苏金伞的小女儿刚刚送我的一本《苏金伞诗文集》。书很厚,苏金伞先生一辈子的作品,都集中在这里了。

苏金伞是河南最负盛名的老诗人,他的诗,我一直都喜欢看。最早读他的诗,已经忘记是在什么时候了,记得题目叫作《汗褂》,这个叫法,在我的老家也这么叫,我母亲从老家来北京很多年,一直改不掉这种叫法,总会对我说:"赶紧的,把那个汗褂换上!"所以,一看题目就觉得亲切,便忘不了。忘不了的,还有那像汗褂洗得掉了颜色一样朴素至极的诗句:"汗褂烂了,改给孩子穿;又烂了,改作尿布。最后撕成铺衬,垫在脚下,一直踏得不成一条线……"

赶紧从书中先找到这首诗,像找到了多年未见的那件汗褂。

跳跃在纸页间的那一行行诗句,映射着苏先生熟悉的身影,映衬着逝去的岁月,才忽然想到,今年,苏金伞先生去世整整二十年了,日子过得这样快!心里一下子有些莫名的感喟,不知是为什么——为苏先生?为诗?还是为自己?

苏金伞先生是 1997 年去世的。真正的诗人是寂寞的。苏金伞先生的去世是很寂寞的,只是在当地的报纸上和北京上海几家有关文学的报刊上发了个简短的消息。记得那时当地的领导忙于开别的会议,没有参加他的追悼会,有文人愤愤不平,给当地的领导写了一封信,直言不讳地批评他们,讲到艾青逝世时国家领导人还送了花圈,苏金伞是和艾青齐名的老诗人呀,他不仅是河南人民的骄傲,也是中国诗坛的一株枝繁叶茂的老树。

这些话是没有错的。作为中国新诗的奠基者,他在中国文学史上的地位应该是和艾青齐名的。从 20 世纪 20 年代就开始写诗,一直写到九十岁的高龄,仍然没有放下他的笔。一直到现在,我依然清晰地记得,在他逝世前一年年底的第 12 期《人民文学》上,他还发表了《四月诗稿》,那是他写的最后的诗了。

我在书中又找到《四月诗稿》,这是一组诗,一共五首,第一首《黄和平》,写的是一种叫作黄和平的月季:"花瓣像黄莺的羽毛一样黄,似鼓动着翅膀跃跃欲飞,我仿佛听见了黄莺的啼叫声,使我想起少年时,我坐在屋里读唐诗,黄莺在屋外高声啼叫,它的叫声压住了我的读书声。现在黄莺仍站在窗台上歌唱着,可我不是在读诗,而是在写着诗,月季花肯定是不败落的了。"很难想象这样美好的诗句是出自九十岁老人之手,轻盈而年轻,如黄莺一样在枝头在花间在诗人的心头跳跃。"月季花肯定是不败落的",说得多好。有诗,月季花就肯定不会败落。这是只有诗人的眼前才会浮现的情景。

1997年7月1日,香港回归。苏金伞先生没有等到那一天的到来,临终之际他用含混不清的声音对他的大女儿说,他要写一首香港回归的诗,他都已经想好了……他就是这样的一个诗人,是真正意义上将诗和生命和时代融为一体的诗人。他曾经有一首诗,名字叫作《我的诗跟爆竹一样响着》,实际上,在他一辈子漫长的岁月里,他的诗都是这样跟爆竹一样响着。可以这样说,在目前中国所有的诗人中,除了汪静之等仅有的几位写了那样漫长岁月的诗,恐怕就要数他了;而坚持到九十一岁的高龄将诗写到生命的最后时刻的诗人,恐怕只有他了。苏金伞是我们全国诗坛和文化的财富。这话一点儿不为过。

在一个不是诗的时代,诗集却泛滥,这在当今中国诗坛实在是一个颇为滑稽的景观。只要有钱,似乎谁都可以出版诗集,而且能出版得精装堂皇,诗集可以成为某些老板手臂上挽着的"小蜜",或官员晚礼服上点缀的花朵。苏金伞没有这份福气。虽然,在20年代,他就写过《拟拟曲》、30年代就写过为抗战呐喊的《我们不能逃走》、40年代又写过《无弦琴》等一系列脍炙人口的诗篇,曾获得朱自清、叶圣陶、闻一多等人的好评。在现当代中国诗歌史上,谁也不敢小觑而轻易地将他迈过。

我在书中翻到了这几首诗重读。《我们不能逃走》里的诗句:"我们不能逃走,不能离开我们的乡村。门前的槐树有祖父的指纹,那是他亲手栽种的……"还是让我感动,好诗是从心底流淌出来的,没有落上时间的尘埃。但是,只因为这首诗当年发表在胡风主编的《七月》杂志上这样一条原因,苏金伞被打成右派,落难发配到大别山深处。

我又找到我特别喜欢读的他的那首诗《雪和夜一般深》。那是刚刚粉碎"四人帮"之后不久,80年代初的作品,我是在《人民文学》杂志上读到的。记忆中的诗句,和记忆中的人一样深刻。"雪,跟夜一般深,跟夜一般寂静。雪,埋住了通往红薯窖的脚印。埋住了窗台上扑簌着的小风。雪落在院子里带荚的棉柴上。落在干了叶子的苞谷秆上,发出屑碎的似有似无的声音,只有在梦里才能听清……"读这样的诗,总能让我的心有所动。我曾想,在经历了命运的拨弄和时代的动荡之后,他没有像有的诗人那样愤怒亢奋、慷慨激昂、指点江山,而是一肩行李尘中老,半世琵琶马上弹的沧桑饱尝之后,归于跟夜一样深跟雪一样静的心境之中,不是哪一位诗人都能够做到的。这样质朴的诗句如他人一样,他的老友、诗人牛汉先生在他诗文集总序中说:"我读金伞一生的创作,最欣赏他30年代和80年代的诗,还有他晚年的'近作'。它们真正显示和到达了经一生的沉淀而完成的人格塑造。这里说的沉淀，正是真正的超越和升华。"这是诗的也是人生的超越和升华，不是每一个诗人都有这份幸运。

但是，有了这份幸运又能如何呢？徒有好诗是无用的！如他一样的声望和资历，在有的人手里可以成为身价的筹码、进阶的梯子，在他那里却成了无用的别名。他一辈子只出版过6本诗集，1983年在人民文学出版社出版《苏金伞诗选》，十年后1993年在百花文艺出版社出版《苏金伞新作选》，到1997年去世，再无法出版新书。原因很简单，经济和诗展开肉搏战，诗只能落荒而逃。出书可以，拿钱来。一家省级出版社狮子大开口要好几万，北京一家出版社有恻隐之心便宜得多了，但也要六万元。应该说，苏金伞也算一位大诗人，出版一本诗集，竟如此漫天要价，在我看来简直有些敲诈的味道。幸亏河南省委宣传部拨款五万元，才有了正式出版的诗集。作为一个以笔墨为生的诗人，在晚年希望看到自己最后一部诗集，该是一种什么样的心境。我禁不住想起他在以前写过的一首诗中说过的话："眼看着苹果一个个长大，就像诗句在心里怦怦跳动；现在苹果该收摘了，她多想出一本诗集，在歌咏会上朗诵。"可惜，在他临终之际，他也未能看到他渴望的新诗集。苹果熟了，苹果烂了，他的诗集还未能出版。我可以想象得到，诗人临终之际是寂寞的。

其实，我和苏金伞先生只有一面之交。那是1985年的5月，我到郑州参加一个会议,他作为河南省文联和作协的领导来看望我们,听我说我出生在信阳,离他落难大别山的地方不远,相见甚欢,邀请我到他家做客。临别那天,天下起雨来,他特地来送我,还带来他刚刚写好的一幅字。他的书法很有名,笔力遒劲古朴,写的是他刚刚完成的一首五绝:"远望白帝城,缥缈在云天。踌躇不敢上,勇壮愧萧乾。"他告诉我,前不久和萧乾等人一起游三峡,过白帝城,萧乾上去了,他没敢爬。萧乾比我还小四岁呢。他指着诗自嘲地对我说。那一天的晚上,他打着伞,顶着雨,穿着雨鞋,踩着泥,一直把我送到开往火车站的一辆面包车上。那情景,怎么也忘不了。那一年,他已经七十九岁高龄了。

我再也没有见过苏金伞先生,但是,我们一直通信,一直到他去世。我们可以说是忘年交,他比我年长四十一岁,是我的长辈,却一点架子也没有,一直关心我,鼓励我。他属马,记得那一年,他八十四岁,本命年,我做了一幅剪纸的马,寄给了他,祝他生日快乐。他给我回信,说非常喜欢这张剪纸的马,他要为这张马写一首诗。想起这些往事,我的眼睛有些湿润,书页上的字也有些模糊,仿佛一切近在眼前,一切又遥不可及,一片云烟迷离。

竟没有发现一个十来岁的小姑娘,已经站在我的身旁一会儿了。她看我从书中抬起头来望着她,递给我一张硬纸牌,上面写着"为残疾孩子捐赠"几个大字。我很奇怪,候车大厅里的人非常多,她怎么一下子选中了我?我问她,她是个聋哑孩子,但是从我的连比画带说中明白了我的意思。她笑着指指我手中的《苏金伞诗文集》。那意思是看苏金伞的诗的人，应该有爱心。我也笑了，掏出一百元交给了她。她把钱装进书包里，顺便从书包里掏出一根鲜艳的线绳。我知道，这是用黑白黄红绿五种颜色的细线编成的，所谓五色，对应的是五毒，这五色线，可以系在手腕上，专门在端午节为驱赶五毒，平安祈福的。她帮我把这端午节的五色线系在我的手脖子上。我觉得这是端午节缘于一本《苏金伞诗文集》而得来的礼物，端午节又是纪念诗人的节日，这应该是冥冥之中送给苏金伞先生的礼物。

2017 年 7 月 20 日于北京

想起李冠军

如今，作家的泛滥和贬值，谁还记得中国曾经有一个名字叫李冠军的作家呢？

我一直觉得，散文是孩子文学阅读的最佳选择。我自己的少年时代最初阅读的正是散文。记得刚上初一不久，偶然之间，我买到一本中国少年儿童出版社出版的署名李冠军的散文集《迟归》。这本薄薄的小书，让我爱不释手，一连读了好几遍。书中的散文全部写的是校园生活，里面所写的学生和我的年龄差不多大，老师和我熟悉的人影叠印重合。

至今依然清晰地记得书中第一篇文章《迟归》的开头："夜，林荫路睡了。"感觉是那样的美，格外迷人。一句普通的拟人句，在一个孩子的心里升腾起纯真的想象。

文章写的是一群下乡劳动的女学生回校已经是半夜时分，担心校门关上，无法回宿舍睡觉。谁承想刚走到校门前，校门开了，传达室的老大爷特意在等候她们呢，出门迎接她们时却说："睡不着，出来看看月亮!"女孩子们谢过他后跑进校园，老大爷还站在那里，望着五月的夜空。文章最后一句写道："这老人的心，当真喜欢这奶黄色的月亮?"

已经过去了五十多年，一切却都恍若目前。尽管现在看，这位老人说的这句话，有些做作和多余。但是，在当时，那个少年眼里的五月夜晚，那个奶黄色的月亮，那个传达室的老大爷，弥漫起一种美好的意境，总会在我的心中浮动，让我感动。

读完这本书，我抄录了包括《迟归》在内的很多篇散文。那情景，仿佛就发生在昨天。抄录的文章，尽管钢笔纯蓝色的墨水痕迹已经变淡，却和记忆一起清晰地保存至今。

可以说，这本薄薄的散文集，让我迷上读书进而学习写作。从那以后，我读了很多散文，在初三的那一年，我读到韩少华的《第一课》《考试》《寻春篇》《就九月一日》，写的也都是校园的生活，也都是以优美的文笔，美好的心地，书写校园里我所熟悉的老师和同学。韩少华的这几篇文章，我也都抄录了下来。可以说，新中国成立以来，李冠军和韩少华是校园散文的开创者，因为到现在，也还没有如他们二位一样以散文的形式认真而专注地书写现在进行时态的中学校园生活。而最早结集成书的，只有李冠军的《迟归》。

我长大也开始写作以后，在 20 世纪 80 年代，结识了韩少华，曾经向他诉说了我的这一段阅读经历,表达了我对他和李冠军的敬重和感谢。他对我说,李冠军是他二中读书时的中学同学。中学毕业以后,他到天津当中学老师,可惜,他过世得太早。

我这才知道,李冠军一直在天津当中学老师,难怪他散文写的校园,那么充满生活的气息。以后,很多的时候,我常常会想起从未见过面的李冠军。他和韩少华一样的年纪,如果他还活着,今年八十四岁了。可是,如今,不要说在全国,就是在天津,会有多少人记得李冠军呢,记得他的那本薄薄的散文集《迟归》呢?文坛是个名利场,势利得很。

是的,文学的品种有很多,除散文,还有诗歌、小说、戏剧、评论等。但是,我还是要说,在一个孩子最初的阅读阶段,走出童年的童话阅读,最适合少年时代的,便是散文阅读。散文,尤其是写孩子的生活或和孩子的生活相关联的散文,因对其内容亲近而亲切,更容易让孩子接受;因其篇章短小而精悍,更利于孩子吸收。无论是对于培养孩子的阅读和写作的能力,还是培养孩子审美和认知能力,或是提高孩子的智商和情商,尤其是情商,散文都具有其他文体起不到的独特作用。散文是孩子成长路上最便当最适宜的伙伴,就像能够照见自己影子的一面镜子,能够量出自己长没长高的一种很有意思的参照物。

想起我的少年时代,如果没有最初和李冠军的邂逅,当然,我一样可以长大,但我的少年时代该会是缺少了多么难忘的一段经历和一种营养。我和他在散文中激荡起的浪花,是那样的湿润而明亮。那段经历,洋溢着只有孩子那种年龄才有的鲜活生动的气息。在这样文字的吹拂下,会让自己的情感变得细微而柔韧,善感而美好,如花一样摇曳生姿,如水一样清澈见底。

从某种程度而言,一个人的成长史就是阅读史。可以这样说,童年属于童话,少年属于散文,青春属于诗和小说。那么,一个孩子独有而重要的少年时代的成长史,其实就是他或她的散文阅读史。

想起李冠军,心里总会充满感谢和感动。

2017 年 4 月 23 日世界读书日于北京

悬解终期千岁后

熊十力是当代大儒，当年，他曾在梁启超主编的《庸言》杂志上发表文章，批判佛教思想。当时，梁漱溟两次自杀，舍身求法，一心向佛，笃信非常，岂容熊十力如此亵渎佛门？便发表长文《究元决疑论》，指名道姓痛斥熊十力愚昧无知，词语尖利，如火击石。战火挑起来了，学界一时大哗，熊梁二位，都是大家，各自拥有的学问和文字，都是各自手中的利器，不知会出现什么情况。

谁知，没有出现人们料想的战火。熊十力认真读完梁漱溟的文章之后，并没有动肝火，相反觉得梁漱溟骂得并非没有道理，于是他开始认真钻研佛教，但道理究竟在何处，他一时尚未闹清。于是，他修书一封给梁漱溟，希望有机会晤面细谈请教。梁漱溟很快回信，欣然同意。两人这一年便在梁漱溟借居的广济寺会面，相谈甚欢，相见恨晚，一语相通，惺惺相惜。

从此，两人建立了长达半世纪之久的友谊，这一切成为令人钦佩而羡慕的佳话。新中国成立之后,梁漱溟遭受批判,熊十力多次站出来为梁漱溟说话,显示出一介书生肝胆相照的勇气。而梁漱溟在熊十力最为落寞、学术界毫无地位可言的晚年,不仅写出《读熊著各书书后》,并且摘录《熊著选粹》,极力张扬熊说,以示后学,显示出高山流水难能的知音相和之情和患难与共的友情。

马一浮是当代另一位大儒,熊十力和他的交往,也很有意思。马一浮是有名的清高之士,孤守西子湖畔,唯有和梅妻鹤子、朗月清风相伴,凡人不见。熊十力托熟人引见,依然不果。但是,学问的吸引,惺惺相惜,渴望相见之情愈发强烈,想不出更好的法子,熊十力便径自将自己的《新唯识论》寄给马一浮,希望以彼此相重的学问开路,从而叩开马一浮的西子之门。谁知,数十日过去,泥牛入海,依然是潮打空门寂寞回。

正值熊十力失望的时候,忽然自家屋门被叩响,告诉他有人来访,他推门一看,竟是马一浮。马一浮正是读完他的《新唯识论》后,对他刮目相看的,同梁漱溟一样,和他相见恨晚,相谈甚欢。彼此对于学问的共同追求,是搭建在相互心之间最后的桥梁,再遥远的距离,也就缩短了。从此,两人结下莫逆之交,后来,《新唯识论》一书便是马一浮题签作序出版的。

但是,再好朋友也是两人相处,绝非一人是另一人的影子,更何况都是各持一方学问的大家,性情中人,自尊和自傲之间,矛盾和摩擦总在所难免。

抗战时期，马一浮在四川乐山乌尤寺办复性书院，请熊十力主讲宋明理学，熊十力作了开讲词并备好讲义，没想到和马一浮在一些问题上发生了分歧。学问家各自的学问，都是视之为生命的，楚河汉界，各不相让。争论之下，各执一词，坚持己见，谁也说服不了谁，居然闹得不可开交，一时竟无法共事，不欢而散。这是谁也没有料想到的结局，谁也不想看到的结局，同时，又是无法避免的结局。

可贵的是，事后两人没有意气用事，而是都冷静下来，和好如初。不同的见解，乃至激烈的争论，对于上一代的学问家，不会影响彼此的友情，相反常是友情能够保鲜和恒久的另一种营养剂。

1953年，熊十力七十岁生日时，马一浮特写下一首七律，回顾了他们几十年的友谊："孤山萧寺忆清玄，云卧林栖各暮年。悬解终期千岁后，生朝常占一春先。天机自发高文载，权教还依世谛传。刹海花光应似旧，可能重泛圣湖船。"在这首诗中，马一浮还在说当年争论的事情呢，而且，不止是一次的争论，一直都没有和解，一直都在各自心里坚持，和解是要"悬解终期千岁后"。但是，这样的争论没有影响他们之间的友情，这首诗中传达出马一浮对熊十力的友情，让熊十力非常感动。熊十力很珍视马一浮的这首诗，一直到晚年还能背诵得很熟。

名人之所以被称为名人，在于他们各有各自的学问，也在于他们各有各自的性格。按研究这些大儒的学者分析，就性格而言，熊十力和马一浮相比，一个"简狂"，一个"儒雅"；熊十力和梁漱溟相比，一个有似于《论语》中所说的"狂"，一个则如《论语》中所说的"狷"。学问的不同，没有门户之见；文人之间，不仅不是只重自己的学问，还可以寻求"求己之学"，相互渗透的志趣。性格的不同，不是有你没我，而是可以获得"和而不同"，互补相容、相互裨益的效果。那学问里方如大海横竖相同，那性格里包容的胸怀，方才令人景仰。

如今，我们学界和文坛，没有这样"悬解终期千岁后"的争论，只有甜蜜蜜的评论，我们便当然也就没有熊十力和梁漱溟、马一浮这样的大师。

2017 年 3 月 12 日于北京

名花零落雨中看

北大哲学教授贺麟，命运极具戏剧性。因新中国成立前上书蒋介石万言书受到蒋的八次接见，有如此前科，注定在新中国成立之后那一场接一场思想改造运动中的命运，在劫难逃。一开始，贺麟即被管制，却固守老派文人之风，不合时宜地坚称蒋介石为蒋先生。但是，三反和土改运动后，他交出万言书底稿，开始说："现在我要骂蒋介石为匪了。"不过短短几年的工夫，态度之变，判若霄壤，可以看出运动的威力与压力之大。

如果说此时贺麟的表态尚迫于压力多少并不从心，到了1954年，批判胡适和俞平伯运动中，他的命运起了翻天覆地的变化。变化之因，缘于一篇批判稿，阴差阳错刊登在《人民日报》上。一篇普通的批判稿，能够在《人民日报》上发表，不仅等于他自己的政治表态，也等于对他政治上的肯定，而在此之前，他还被批为思想糊涂。如此意外受到表扬，让他惊喜万分，内心的天平发生了倾斜，一下子觉得自己有政治地位了，由此对胡适和俞平伯批判的态度更为积极。

这由一场意外而导致的悲喜剧，几乎完全异化并扭曲了贺麟这样一位老派知识分子的性格，却可以看出那个时代知识分子在政治运动之中的心态和表现，无奈之中渗透着可悲，残酷之中演绎着荒诞。

如果再看贺麟在运动中的另一种表现，更能够看出知识分子性格在客观政治斗争中的扭曲轨迹。他很长一段时间里坚持黑格尔学说，从在论战中顽固坚持己见，到后来对风雨欲来要整自己的担心，到照本宣科苏联专家的课程的违心，到党支部在他家开会帮助他，他以啤酒点心招待后的舒心，从此开始了对黑格尔的批判。从担心到违心到舒心，贺麟的这种从性格到学术到政治的三级跳，我们会看到那场运动的丰富性和人的心路历程的复杂性。贺麟从行为伴随着思想转变的轨迹，有着命运阴差阳错的因素，更有与对同样是北大哲学教授冯友兰等人残酷批斗方式不尽相同的怀柔政策，攻心为上的作用，贺麟便也顺坡下驴，不惜或不自觉地以牺牲性格与知识为代价。

应该说，贺麟这种命运是带有悲剧性的。这种悲剧性，不仅属于个人，更属于这个群体的一代人甚至几代人。想起刚刚读完许纪霖的《中国知识分子十论》，他在引徐复观"道尊于势"的论述后说过的话："中国知识分子依赖的'道统'，就与西方的传统不一样,它不是通过认知的系统和信仰系统,而是通过道德人格的建立以担当民族存在的责任。"我国知识分子这种先天不足的人文传统,其内在德行的"自力",外在宗教与法律的"他力",在突变的政治旋涡中就会显得格外脆弱,常常会如风浪颠簸中的一叶扁舟不知所从。所以鲁迅先生在论柔石的小说《二月》里的肖涧秋时,就说过知识分子在河边衣襟上沾一点水花就容易落荒而走。知识分子自身性格的软弱,便不是一两个人的事情了,也不是一时两时的事情了。特别是看到贺麟的命运,想如果换成自己,也处于那个时代和他同样的位置上和处境中,性格与心路历程恐怕会和他一样,而命运也就更会无可奈何地相同。这恰恰是让我不寒而栗的地方,是值得所有愿意称自己为知识分子的人警醒的地方。

这是我读完陈徒手的一本新书《故国人民有所思》和许纪霖的一本旧书《中国知识分子十论》后最大的感想。我赞同许纪霖的说法:"知识分子的性格就是其所生存其间的民族文化性格。"在以往描写知识分子命运的书籍中,无论是社科类还是文学类,大多写的是政治斗争的残酷性,更多笔墨同情知识分子挨整的悲惨命运,很少去揭示知识分子自身性格的软弱性,便也缺乏对我们民族文化性格的进一步触及,而使得这一类图书仅仅成了政治表面的记述和回顾,材料大同小异的罗列与重复。

放翁有诗:志士凄凉闲处老,名花零落雨中看。贺麟的命运,虽然是已经翻过一页的历史,希望能够成为作为知识分子自省的一面镜子,而不只是作为今天闲处老来的一点感喟,雨中落花的一点兔死狐悲。

2013 年 12 月 14 日于北京

文人的友情

　　去华西坝那天,阳光格外灿烂。尽管如今一条宽阔的大马路将其一分为二,但还是切割不断它的漂亮。1910年,美英加三国五个基督教会联合在这里建立了华西协和大学,华西坝的名字,成为成都人为学校起的一个亲切的小名。

　　如今,校园虽有了变化,但嘉德堂、合德堂、万德堂、懋德堂、怀德堂几个"德"字堂还在。苏道璞纪念馆还在。最重要的钟楼还在。这是当年华西协和大学的标志性建筑。钟楼的前面是一条长方形的水渠,水前是一块小型的广场,水边是绿茵茵的草坪和柳树掩映。钟楼后面是半月形的爱情湖,湖畔绿树成荫,一下子,满湖满地的花阴凉和清风,幽静得把阳光和不远处大街上车水马龙的喧嚣都融化在湖水之中了。

　　忍不住想起了陈寅恪当年写华西坝的诗,几乎成了华西坝的经典:"浅草方场广陌通,小渠高柳思无穷。"

想起陈寅恪，是因为到华西坝来还有另一个目的：访前贤旧影。抗战期间，中央大学、金陵大学、金陵女子大学、齐鲁大学和燕京大学五所大学从内地迁到华西坝。这是华西坝最鼎盛的时期，可以和昆明的西南联大媲美。当时，名教授云集华西坝，陈寅恪受聘燕京大学和华西大学中国文化研究所，将女携妻从桂林一路颠簸来到成都，教授魏晋南北朝史、元白诗等，是那时学生的福分，成为他们永恒的回忆。

在华西坝，陈寅恪一共待了一年九个月的时光。这一年九个月里，发生了两件大事，一件是迎来了抗战的胜利。他曾喜赋诗道："降书夕到醒方知，何幸今生见此时。"又忧心忡忡："千秋读史心难问，一局收枰胜属谁。"一件便是他的眼疾，来成都之前，他的右眼已坏，在华西坝，他的左眼失明。

如今，已经很难想象那时如陈寅恪这样有名教授的生活艰辛了。虽然，来华西坝，他有两份教职，却依然难敌生计的捉襟见肘。他有这样的诗："日食万钱难下箸，月支双俸尚忧贫。"加之目疾越发严重，弄得他的心情越发不堪。他五十六岁的生日是在华西坝度过的，那一天，他写下了这样苍凉的诗句："去岁病目实已死，虽号为人与鬼同。可笑家人作生日，宛如社祭奠亡翁。"

这样的时刻，越发凸显陈寅恪和吴宓的友情，正如杜诗所说：谁肯艰难际，豁达露心肝？在华西坝，我找到了陈寅恪当年教书和居住的广益学舍，很好找，出学校北门，过条小街便是。小街依

43

旧，广益学舍部分也还在，关键是陈寅恪当年住过的地方还在，现在成了幼儿园。不巧的是，恰逢星期天，幼儿园铁门紧锁，无法进去。只好扒着门栏杆看那座小楼，和校园的建筑风格一致，也是青砖黑瓦、绿窗红门，由于为幼儿园用，被油饰得艳丽，簇新得全然不顾当年陈寅恪已经看不到这样的美景了。

那时候，吴宓经常从自己家来这里，或从医院陪陈寅恪回这里来。从吴宓日记里可以看到，在陈寅恪住院治疗眼疾的那些日子里，特别是陈妻病后，吴宓天天到医院陪伴。有时候，吴宓把写好的诗带到病房读给他听："锦城欣得聚，晚岁重知音。病目神逾朗，裁诗意独深。"当时吴宓身兼数职，收入比陈寅恪好，便拿出万元做陈家家用。陈寅恪离成都赴英国治疗眼疾时，吴宓是要护送前往的，不承想临行前自己突患胸疾，只好忍痛相别。

在幼儿园铁门栏杆前，想起这些前尘往事，心里为那一代学人的友情感动和感喟。

1961 年，吴宓到广州，和陈寅恪见最后一面。那时，陈寅恪沦落于中山大学一隅，已是门前冷落车马稀。陈寅恪有诗相赠："暮年一晤非容易，应做生离死别看。"

那一年的夏天，我到中山大学，找到陈寅恪旧居访旧，房子破旧却依然健在，四周树木翁郁，似乎和 1961 年一样。禁不住想象当年两个小老头相见又分手的情景，让我想起放翁晚年和老友张季长的旷世友情，放翁曾有这样一句诗赠张："野人蓬户冷如霜，问讯今惟一季长。"几百年间，文人的境遇竟是一样，文人的友情也竟是一样。

2012 年 11 月于北京

怀念萧平

　　一直到今天，才知道萧平已经不在了，两年前 2014 年的 2 月就去世了。我真的惭愧自己消息的闭塞，竟然一点都不知道。想起今年年初到美国看孩子，在印第安纳大学的图书馆里，偶然间看到萧平的《三月雪》，颇有点他乡遇故知的感觉。谁会想到呢，他已经不在了。

　　翻看年初读《三月雪》时随手做的笔记，抄录书中的片段，那一天细雪飘洒的傍晚，从图书馆里把那本《三月雪》借来重读的情景，一下子恍若目前。这是一本只有一百多页薄薄的小书，1979 年人民文学出版社的新版。虽是新版，封面和旧版却完全一样，浅蓝色的封底，衬托着一束清新淡雅的白色三月雪花瓣。书显得很新，和我当年在新华书店的书架上最初见到它时，一模一样。只是里面多了两篇小说，感觉不过是多年不见的老朋友，个子长高或是腰围长胖了一点儿而已。

1964年，我读高一，买过一本《三月雪》，是1958年作家出版社的初版本，里面只有六篇短篇小说，其中最有名也让我最难忘的，是《三月雪》和《玉姑山下的故事》。年初重读，忍不住先读这两篇。《三月雪》第一节开头写道："日记本里夹着一枝干枯了的、洁白的花。他轻轻拿起那枝花，凝视着，在他的眼前又浮现出那棵迎着早春飘散着浓郁的香气的三月雪，蓊郁的松树，松林里的烈士墓，三月雪下牺牲的刘云……"一下子，又带我进入小说所描写的战争年代；同时，也带我进入我自己的青春期。这段话，我曾经抄录在我的笔记本上，五十二年过去了，许多东西都丢了，那个笔记本还在，纯蓝色的墨水痕迹还清晰地在本上面跳跃。那时候，我十六岁多一点儿。

《三月雪》和《玉姑山下的故事》，写的都是战争年代的故事。在20世纪50年代，与同时代同样书写战争的小说的写法不尽相同。萧平是把战争推向背景，把更多的笔墨放在了战争中的人性和人情上。将战争的残酷，和人性中的微妙，有机地调和在一起。浸透着战争的血痕，同时又盛开着浓郁花香的三月雪，可以说是萧平小说显著的意象，或者象征。可谓一半是火，一半是花。这两篇小说的主角，不是叱咤风云的大人或小英雄，都是小姑娘，清纯可爱，和庞大而血腥的战争，仿佛有意做着过于鲜明的对比。《三月雪》中，区委书记周浩很喜爱这个聪明伶俐的十一二岁的小姑娘，在离别前小娟孩子气地和他商量好，骗妈妈说要跟周浩一起走,走了几步,又跑回去告诉了妈妈真相,怕妈妈担心的那一段描写,现在读来还是那样的可亲可爱。

这应该是后来批判小说宣扬"人性论"和"战争残酷论"的重要证言或说辞,却也是当年最让我心动之处。《三月雪》中的小娟和妈妈在战争中相依为命又相互感染的感情,是写得最感人的地方。有了这样的铺垫,妈妈牺牲之后,小娟到三月雪下妈妈的墓前的场景,才格外地凄婉动人。"天上变幻着一片彩霞。一只布谷鸟高声叫着从晴空掠过。""墓上已生出一片绿草,墓前小娟亲手栽的幼松也泛出新绿,迎风轻轻摇摆着。"三月雪的花朵和彩霞和绿草和松树连成一片,成为我青春期一幅美丽的图画。

《玉姑山下的故事》中的小姑娘小凤,比小娟大几岁,应该和当初读小说时的我年龄相仿。小凤与小说中的"我"发生的故事,将青春期男女孩子之间情窦初开的朦胧感情,写得委婉有致。特别是放在战火硝烟的背景之中,这样的感情如鲜花一样开放,如春水一样流淌,却是极易凋零和流逝,便显得格外揪心揪肺。这在当时描写战争的小说中,是难得一见的。其异于当时流行的铁板铜钹而别具一格的阴柔风格,是格外明显的。

四年未见的一对男女孩子,再次见面时,小凤"手扯着一枝梨花,用手一个瓣一个瓣地向下撕扯着"。当初读时就觉得萧平写小姑娘,总不忘用花来做映衬,上一次是用三月雪,这一次用梨花,足见他对小姑娘的怜爱,也足见他格外愿意以鲜花来对比炮火硝烟,而格外珍惜人性之花的开放。这篇小说最迷人之处是晚上的约会,"我"的渴盼,小凤没去后"我"到梨园找她时一路的心情和想象……那一番极其曲折又微妙难言的情感涟漪的泛起,写得一波三叠,质朴动人。重读时候,还是让我感动。感动的原因,还在于第一次读它的时候,我也正在悄悄地喜欢一个小姑娘。我曾经把这篇小说推荐给她看过。

小说结尾,小凤成了一名战士,骑着一匹红马从"我"身旁驰过,"我想叫住她,可是战马早已经驰过很远了。我呆呆地站在那里,望着那匹红马迎着西北风在山谷里奔驰着,最后消失在深深密林里"。那时候,我曾经特意给她读过这段话,是想讲小说收尾给人留下那种怅然若失的味道。世事的沧桑,中间又隔着和战争一样残酷的"文化大革命",我想叫住她,可是那匹红马早已经驰过很远,消失在密林深处。

记得很清楚,年初重读《玉姑山下的故事》,让我想起乔伊斯的短篇小说《阿拉比》,同样写一个小男孩对一个姑娘悄悄的爱。一个从未去过的叫作阿拉比的集市,只不过因姑娘一次偶然提起,让小男孩连夜赶到了阿拉比,阿拉比却已经打烊。同样的怅然若失的结尾,让我感叹小说写法尽管千种百样——一个是战争年代,一个是庸常日子;一个是消失的红马,一个是打烊的集市——人心深处的感情却是一样的,不分古今中外。萧平一点儿不比乔伊斯差。

今天知道了萧平去世的消息,心里有些不平静。年初读《三月雪》时,心里是安静的,是美好的,是充满想象的。因为那时一直都觉得萧平还活着,也因为想起五十多年前最初读萧平时自己的青春日子。同时,还想起了三十年前写长篇小说《早恋》和《青春梦幻曲》的时候,小轩愁入丁香结,幽径春生豆蔻梢,我的小说中那些男女中学生在青春期朦胧情感忧郁惆怅又美好纯真的描写,很多地方得益于萧平这篇《玉姑山下的故事》。当时写作时并未察觉,重读萧平时候,感到潜意识里代际之间文学血液的流淌,是那样的脉络清晰,又是那样的温馨温暖。那时,觉得萧平即使离我很远,却也很近。

　　青春期的阅读,总是带着你难忘的心情和想象,它对你的影响是一生的,是致命的。它给予我的温馨和美感,以及善感和敏感,是无可取代的。我应该庆幸在我的青春期能够和萧平相遇,感谢他曾经给予过我那一份至今没有逝去的美感、善感和敏感。

　　我和萧平有过一面之缘。是 20 世纪 80 年代之初,我和刘心武、梁晓声一起乘火车到蓬莱,路过烟台的时候,到萧平教书的学院里和他见过一面。但那一面实在有些匆匆,而且,那一次,主要是心武更想见他,主角是他们两人,因此,主要是听他们两人交谈。可惜,我没有来得及对萧平表达我的一份感情。一别经年,没有想到,世事沧桑流年暗换之中,竟是唯一的也是最后的一面。

　　此刻,我想起了高一时候买的那本《三月雪》。1968 年的夏天,去北大荒插队前的那天晚上,我的从童年到青年一起长大并要好的那个小姑娘,来我家为我送行,我把这本书送给了她。如果这本书还在,陪伴我们已经有五十二年了,萧平陪伴我们也已经有五十二年了。真的,我很想对他说说这样的话。并不是所有的人,所有的书,所有的感情,都有这样久的生命。

萧平如果活着,今年整九十岁。

2016 年 8 月 11 日于北京

重读田涛

读高一那一年，在我们汇文中学的图书馆里，我偶然发现了一本短篇小说集《在外祖父家里》。那时候，应该感谢学校图书馆破例允许我进去自己挑书。在密密麻麻的书架上，为什么能与这本薄薄的小书邂逅，我真的解释不清，完全是一种阴差阳错，或者说是一种冥冥之中的缘分。

在此之前，我根本不知道有这样一本书，也不知道作者是何人，我没有读过他的任何一篇作品。但是，这本书留给我很深的印象。现在想起来，大概原因有这样两点：一、他是以童年视角写作的小说，书中的那个叙述者小男孩，比我当时的年龄还要小，容易引起我的共鸣；二、他以第一人称"我"的回忆口吻，叙述河北农村的往事，和我在童年时跟随父亲一起曾经回到过的老家河北沧县乡间的生活，有着某种天然的联系，特别是他的好多方言，比如称舅母为妗子，那么亲切，书中的大妗子、二妗子，家长里短，至今让我记忆犹新。那时候，我们学校有一个老师和同学办的板报《百花》，刊发老师和学生写的文学作品，我在上面写了一组《童年往事》，就是模仿《在外祖父家里》，回忆并想象着河北乡间关于我的外祖父、大妗子、二妗子，以及童年小伙伴的往事。

于是，我记住了这本书的作者田涛。

五十二年过去了。这次来到美国小住，忽然想起了田涛的这本《在外祖父家里》。在美国借书，比在国内方便，好多想看的书，都会留到美国来借。我在印第安纳大学图书馆里，没有借到这本书。填好书单，一个多月后，我借到了这本书，同时还有田涛的另外两本书：1957年新文艺出版社的《友谊》，1985年人民文学出版社的《田涛小说选》。美国大学图书馆资源共享，这三本书分别是从耶鲁、康奈尔和亚利桑那三所大学调来的。

《在外祖父家里》，1958年新文艺出版社出版，183页，定价5角。重读旧书，仿佛重遇阔别多年的故人，有些喜悦，有些陌生。流年暗换之后，在那些发黄的沧桑纸页之间，是否真能够似曾相识燕归来？毕竟五十二年已经过去。

我迫不及待从头到尾读了一遍，田涛童年的记忆，交错着我的少年记忆，纷至沓来。河北平原乡间的人物与风情，至今读来依然感到是那样久违的亲切。性格从刚开始外祖母病重时气得胡子哆嗦敢拿菜刀和地主拼命，后来软弱成了一摊稀泥的外祖父，爱赌又顺从的大舅父，驯服蒙古烈马的好车把式二舅父，刚烈而离家出走的三舅父,持家心疼丈夫怪恨外祖父的大妗子,爱哭爱笑真性情的二妗子,还有"我"的小伙伴王五月和他直脾气敢扇老师耳光的奶奶,三舅父的好伙伴兴旺,和三舅父爱着的年轻漂亮的李寡妇,以及和"我"年纪差不多心思并不一样的大妗子的女儿青梅……一个个依然活灵活现在眼前,重新唤回我少年时候的记忆,让我不禁感慨小说中人物的生命力,他们比我比作者都要活得更为久长。或许,这就是文学的魅力。

尽管小说无法摆脱当时阶级斗争二元对立的影子,但是,大多时候,是把这一斗争放在背景来处理,是以一个孩子的视角来看这些春秋冷暖、人情世故,以及乡间的民俗风物。人物便有了鲜活的血肉,有了孩子气的爱恨情仇,性情迥异,带着河北平原朴素稚拙的乡土气息。如果和当时同样写作农村题材小说的李準相比较,差别是极其明显的。李準是紧跟时代的步伐向前走的,田涛则是回过头来向后走的,回溯童年,钩沉自己的回忆。李準的人物,努力并刻意捕捉着时代的影子;田涛的人物,则融着自己与生俱来的乡间情感。一个向外走,如蜻蜓紧贴着水面在飞,飞向外部广阔的世界;一个向内转,如蚯蚓钻进泥土,钻进一己窄小的天地。在文学创作中,所抒写对象的大与小,天地的宽和窄,与文学本身应尽的意义并非呈正比。小说自身的特质,有时候恰恰在于小说中的小。这正是1956年和1957年的文学创作中,田涛能够自有存在的一份价值。这一份难得的价值,至今依然被忽略。

今天重读这本小说集,所有篇章都集中在河北平原一个叫"十里铺"的小小村子。应该说,这一点,更是具有当时文学创作少有甚至是绝无仅有的一种创新价值。当时,并没有福克纳所说的抒写自己所熟悉的"一张邮票大的地方"的文学概念。在"五四"的文学传统中,也只有萧红写自己家乡的《呼兰河传》,和师陀的《果园城记》等为数不多的篇章。田涛将小说集中自己家乡的一个村落,各篇独立成章,又相互勾连,彼此渗透,漫漶一体,不仅人物彼此血脉相连,风土风物,民俗人情,也枝叶缠绵,铺铺展展,蔚然成阵,富于勃勃生命,构建成一方虽小却独属于自己的小说世界。

外祖父的梨树林,兴旺爹的瓜园,村子里那口甜水井,那座破庙改造的小学校,大人们擂油锤的油作坊和做棺材套的木场子,孩子们抽鸽子柏树坟、捉鱼的苇塘壕沟和拾落风柴打孙军(一种游戏)的旷野……这些场景,散漫却集中在同一个村落,如同多幕剧的一个舞台,变幻着不同装置的场景,演绎着一组相同人物的悲欢离合。

能吃到肉丸子的娶媳妇时候才有的伏席,以及"我"的那件只是在第一天来外祖父家、上学和吃伏席才穿过三次的蓝大叶子(长衫),还有过年时挂在门口麻绳上的年灯,和结起一层薄冰的村头街口炮仗红纸破皮壳子的碎草纸,农家桌上那盏冒着蜻蜓头似的黑芯的小油灯,田野里开着碗形白花的胡萝卜和开着蝴蝶形蓝花的马兰草……——如风扑面,似水清心,不仅成为小说存活重要的背景和氛围,人物生长细致入微的细节与生命,也成了小说另外的一个个主角,让这一场多幕剧有了浓郁的生活气息和艺术氛围,带有贫穷生活和孩子内心的些微伤感交织而成的抒情性,玲珑剔透,多彩多姿,撩人心绪。

重读田涛这本小说集,让我想起日后莫言所写的高密家乡小说系列,和苏童早期小说中的香椿树街。五十多年前,田涛就这样写过,将人物与背景毕其功于一役,集中在一处的方寸天地之间,今天看来,也许算不得什么新奇,但在当时,却具有某些现代的小说意识与姿态。

当然,今天重读田涛,更加吸引我并能唤回我学生时代记忆的,是他以一个孩子的心理书写的笔法和笔调。这便不只是回忆,回忆中更多的是感情,而这样笔法与笔调的书写,除了感情,更是生命的投入和再现。无论"我",还是小说中其他人物,便都不是那种老照片。所以,他才可以写得那样逼真,总会在情不自禁中跳出当时阶级斗争的模式而进入人心深处,特别是进入难得的童年淳朴而丰富的世界。

他写每年农历七月十五给外祖母上坟,母亲都要嘱咐"我"在外祖母的坟头上哭,要不外祖父就不给梨吃。"我"就跟着大人哭。离开坟地,看见母亲的眼睛都哭红了,也不敢开口要梨吃了。

这样微妙的心理,是独属于孩子的。不是那种外祖母被地主逼死而怀有一腔愤恨痛哭的描写。

他写"我"帮助王五月砸开脖子上的银锁,丢进水坑里,那是奶奶是让孙子能够好好长大的救命锁,奶奶大骂孙子,不许他以后再和"我"一起玩,自己每天都到水坑里用大竹竿子去捞银锁。王五月趁奶奶不注意,跑到我一直躲藏的大树后,来找我一起玩,捉一只蚂蚁,放在树枝上,看它"爬上爬下,像小人迷了路,怎么也找不到回窝的路了"。少年不识愁滋味,完全是一种吃凉不管酸的孩子心态,更反衬出奶奶的心酸。

高粱秀穗时到高粱地批叶子,"那亭亭直立的高粱秆,滑擦过我赤裸的肩膀,高粱顶端被震下的细水点子溅在我的脖颈上,凉渗渗的,旁边豆地里有蝈蝈在叫,远远近近的庄稼地里,都有虫子叫。我的鼻子不仅喜欢嗅高粱地里清凉气息,我的耳朵也被旷野里传来的虫子的叫声吸引住了","小风一吹,杜梨树上的针(即蝉)便叫起来,小小的叶子,打着枝子,唱着歌,熟透的杜梨,珠子一样落在地上"。真的写得很美,是艰辛生活中只有孩子才有的和田野相亲相近的透明心情。

为吃伏席,"我盼着树叶儿发黄,盼着树叶儿落,盼着那凛冽的西北风快些吹来。好把这大地上的一切青色变黄,一切小虫子冻死,让那些小壕坑儿里地上的水结起带有花纹的冰片。到那时,兴旺就会坐着篷窿儿车把新娘子的花轿接过来,我们就可以伏八碟八碗的酒席了。兴旺把新娘子娶过门后，他也会带着新妗子陪我们往旷野里去拾落风柴的。想着兴旺的美事，自己仿佛都着急"。如果没有这样孩子气的描写，小说该减了多少成色。

即便写老一辈人艰辛的日子，这样孩子细若海葵的笔触和情如微风的笔调，也让大人的世界变得那样令人在心酸之中有了难得的温情。大舅父被外祖父赶出家门去谋生，外祖父复杂的心情，在孩子的眼里是这样的一种描写："大舅父走后，外祖父的性格更显得冷漠。妗子们不愿同他多谈话，他也不同家里的人谈什么。每天除了走进梨树林，一棵梨树一棵梨树地数着上面的梨儿，便坐在大柏树间的窝棚里吸旱烟。有时候，他叫我陪他一同坐在柏树杈间的窝棚上，伴着他的寂寞。"外祖父后悔自己把捉来的鱼交给地主家后的心情，在孩子眼睛中是这样描写的："外祖父坐在旁边，低着头，一句话不说，只是擦萝卜片儿，擦完一个萝卜，又从旁边捡起一个来，一直把他身边的一堆萝卜擦完了，头都总不抬起来。"他写得真好，把一个将万千心事都埋在心底的孤苦老人的心情，写得那样含蓄不露、蕴藉有致。那些数不清的梨树上的梨儿，那些抽不完的旱烟，那些擦不完的萝卜片儿，都是外祖父的心情，也是"我"对外祖父的感情。

这样以孩子视角与心理铺陈的小说叙事策略，让我想起和田涛同时代的作家刘真的《长长的流水》，和国外的作家如乔伊斯的小说集《都柏林人》。这不仅在当时属于凤毛麟角，就是如今也与

58

那些热衷描写孩子热闹外部世界的小说拉开了距离。一本小说集，经历了五十多年的光景，还能让人看下去，不仅能看，而且耐看，实属不容易。并不是每个作家都能这样的。我边看边做笔记，竟然抄录了那么多，就像五十二年前上中学时做笔记一样。可惜，那些读书笔记都已经不在了。但是，记忆还在，而且那样深刻、温馨，清晰如昨。

我没有见过田涛，但心里始终记着他，因为我曾经受益于他，他曾经是我中学时代文学的启蒙之一。我知道他是河北的作家，前些年，也曾经向袁鹰老师打听过他。可惜，那时他已经去世多年。我知道，他命运坎坷，在写作《在外祖父家里》之后，再未能天赐机缘让他持续这样得心应手的写作。相反，在唐山大地震中，他付出了妻子和一个女儿的生命代价。

今年恰逢田涛百年诞辰。竟然那么巧，他的生日，和我的生日是在同一天。

2016 年 3 月 21 日于美国布鲁明顿

想念王火

在成都，老作家中有百岁老人马识途在，一览众山小，其他的老作家显得都像小弟弟，很容易被遮蔽。其实，在成都还有一位老作家，今年九十一岁高龄，是王火先生。

王火再次出现在人们的视野，是他的新书《九十回眸——中国现当代史上那些人和事》出版，恰逢今年反法西斯胜利七十周年。当年，刚刚从复旦大学新闻系毕业的二十一岁的王火，凭着他年轻的一腔热血和良知，采写了南京大屠杀、审判日本战犯和汉奸的新闻报道。

1947年，他在上海《大公报》发表了《被侮辱与被损害的——记南京大屠杀中的三个幸存者》。这三个幸存者：一个是南京保卫战的担架队队长、国军上尉梁廷芳，一个是十几岁的小孩子陈福宝，一个是被日本兵强奸并被残酷毁容的姑娘李秀英。可以说，王火是第一位报道南京大屠杀的中国记者。

1947 年,我刚出生。

1997 年,我第一次见到王火。他已经七十三岁,但我一点看不出来他有这样大的年纪。他身材瘦削,身着一身干练的西装,更显俊朗挺拔。一看就是一介书生,温文尔雅,曾经血雨腥风的岁月,似乎没有在他的身上留下一丝痕迹。那时,我们一起去欧洲访问,他是我们中国作家代表团的团长。他的三卷长篇小说《战争与人》刚刚获得茅盾文学奖,但是,看不出一丝春风得意的痕迹。他是一位极谦和平易的长者。

那一次,我们一起访问了捷克、塞尔维亚和黑山共和国,以及奥地利。我和他一直同居一室。他步履敏健,谈吐优雅,颇具朝气。最有意思的是在塞尔维亚,常有诗歌朗诵会,最隆重的一次是在贝尔格莱德的共和广场,四围是成百上千的群众,来自二十五个国家的作家都要派一个人登台朗诵。王火居然派我赶鸭子上架。我根本不写诗,儿子正读高二,爱写诗,只好临时朗诵了儿子的一首小诗。下台后,他夸奖我朗诵得不错,我觉得只是鼓励,他比画着手势,又说:真的,刚才一位日本诗人夸你朗诵得韵律起伏呢。

在捷克,我向他提出希望能够到音乐家德沃夏克的故居看看,但行程没有安排。他知道我喜欢音乐,便向捷克作协主席安东尼先生提出,希望满足我的这个愿望,年过七旬的安东尼先生亲自开车,带我们到布拉格外三十公里的尼拉霍柴维斯村。那里是德沃夏克的故居,房前是伏尔塔瓦河,房后是绵延的波希米亚森林,是我见到的捷克最漂亮的地方。

在布拉格,王火先生向我们提议,一定要去看看丹娜,为她扫扫墓。那时候,我学识浅陋,不知道丹娜。他告诉我,和鲁迅有过交往并得到过鲁迅赞扬的普什科是捷克的第一代汉学家,丹娜是捷克第二代汉学家,对中国非常有感情,编写了捷克第一部《捷华大词典》,翻译过艾青等作家的作品。可惜,1976 年因车祸丧生。这二十多年以来,一直没有中国作家看望过她,咱们是这二十多年来捷克的第一个作家代表团,应该去为她扫扫墓。那一天,布拉格秋雨霏霏,我们跟着他,倒了几次地铁,来到布拉格郊外很偏僻的奥尔格桑公墓,找到被茂密林木和荒草掩盖的丹娜的墓地。我看见雨滴顺着王火的脸庞和风衣滴落,还有他的泪滴。我发现他是极其重情重义的人,即便是素不相识的丹娜,也是寄托着一份真挚的情感。

印象最深的是在维也纳。到达时已是夜幕垂落,车子特意在百泉宫绕了一个弯,让我们看看那里美丽的夜景,然后驶向前面的一条小街。堵车像北京一样,车子不得不停了下来,我们只好隔着车窗看夜景。王火一眼看见车前一家商店闪亮的橱窗,情不自禁地叫道:我女儿也来过这里! 这让我有些吃惊,吃惊于平常一向矜持的他,竟然叫出了声;也吃惊于我们都是第一次来维也纳,他怎么就这么肯定这里一定是女儿来过的地方! 他肯定地对我说:我女儿去年来过维也纳,就是在这个橱窗前照过一张照片,寄给我过！我知道，他的小女儿在英国。橱窗明亮的灯光，在他的眼镜镜片上辉映，那一刻，一个父亲对女儿无限的情思，毫不遮掩地宣泄在他的眸子里。

维也纳那一夜的情景，已经过去了十八年，依然恍若眼前。真的，做一个好作家，做一个好父亲，做一个好朋友，还有，做一个好丈夫，也许都不难，但能将四者兼而合一，都能像王火做得那样好，并不容易。一晃，十八年过去了。除了在北京开会，我见过王火（他还专门请我吃西餐），一直没有再见过他。这中间，我们偶尔通信，彼此问候，更多是他读到我写的一点东西之后对我的鼓励。

这期间，我听成都的朋友对我讲起，他跳到水中为救一个孩子而使得自己一只眼睛失明。这样舍己救人的事情，他从来没有对我透露过一丝一毫，他实在是一位心胸坦荡而干净的人。我想起张承志曾经写过的一篇文章，题目叫作《清洁的精神》。他应该就属于这样难得具有清洁精神的人吧。

这期间，对他打击最大的事情，是他的夫人凌起凤去世。他对我说过，他的夫人是民国元老凌铁庵之女，正经的名门闺秀，他们的爱情在他的新书《九十回眸——中国现当代史上那些人和事》中有专门的描述，可谓乱世传奇。当年，夫人在香港，为和他结婚佯装自杀，才能够回到内地，终成眷属。日后的日子，跟着他颠沛流离，对他支持很大，他称她是自己的"大后方"。从他的信中，从他的文章中，我都体味到他对相濡以沫的夫人的那一份深情。说实在的，无论隔空读他的信，还是和他直面接触，都没有感觉他的年纪会这样大。读他的信，信笺上字体非常流畅潇洒；和他交谈，更觉得他思维敏捷而年轻；听他的声音，感觉非常的爽朗而亲切。没有想到，他居然九十一岁了！

去年年初，曾经寄给他两本我新出版的小书，其中一本《蓉城十八拍》，是专门写成都的。在成都时赶写这本书后马上去美国，行色匆匆，心想下次吧，便没去看望他。他接到书后给我写了一封信，责备我道："惠赠的两本书里，出我意外的是《蓉城十八拍》。看来您是到过成都的，在 2012 年。您怎么没来看看我或打个电话给我呢？我可能无法陪您游玩，但聚一聚，谈一谈，总是高兴的。您说是不？"

在同一封信中，他这样说："匆匆写上此信，表示一点想念。我身体不太好，但比起同龄人似乎还好一些。如今，看看书报，时日倒也好消磨，但人生这个历程，我已经是离目的地不远了。"读到这里的时候，忍不住想起暮年孙犁先生抄录暮年老杜诗中的一联：雕虫蒙记忆，烹鲤问沉绵。文人老时的心情是相似的：记忆自己的文字，想念远方的老友。我的心里非常难受，更加愧疚去成都未能看望他。王火先生，请等着我，下次去成都看您。我从心底里祝您长寿，起码也要赶上您的老友马识途，超过百岁！

2015 年 7 月 23 日于北京

想起张纯如

那年,我在普林斯顿住了半年。常常会到普林斯顿大学的校园和小镇的老街上转。那时,我知道张纯如出生在普林斯顿,曾经寻找过她的住处。但是,只找到美国黑人歌手保罗·罗伯逊的出生旧地,却无从打听得到她家曾经住过的地方。我也曾经到普林斯顿大学附属医院去过,一般新生婴儿都是在那里降生,但是,宁静的医院里,除了我的脚步声,没有一点声音,也没有她的一点信息。其实,张纯如和她全家早就从普林斯顿搬走了。

2004年,张纯如在她的小汽车里开枪自杀,让我分外震惊。那一年,是她的本命年,她才仅仅三十六岁。真的实在是太年轻了。

知道她,是从她的《南京暴行——被遗忘的大屠杀》那本书开始。那是1997年的年底。那一年的夏天,她曾经独自一人来到南京,采访南京大屠杀的幸存者,收集存档于南京的资料。后来,知道这项工作，其实早在三年前，即 1994 年她就开始辗转世界各地进行她的采访和收集材料的工作了。这样一段庞大又是啼泪带血的历史，全部是由她这样一个年轻的弱女子承担，实在是够难为她的了。

她用三年的时间，马不停蹄在世界很多地方采访收集材料，最终，完成了这部书，当时让我想起并感慨我们如今不少所谓的报告文学，倚马可待，速度惊人，洋洋洒洒，就可以如水发海带一样成书。同时，又有多少是在宾馆红地毯上的写作。我们的文学，尤其是报告文学，在权势、资本和时尚三驾马车的绑架下，大大减损了可信度和公信力。

如此两相的差距，当然不仅在写作的时间上，更在写作的态度和价值的取向上。她就是因为过于沉浸于她的写作和那段残酷的历史中，否则，她不会选择自杀。如果在这个世界上，真的有用自己的生命在写作的话，她应该算是为数不多的一个。

看到她的《南京暴行——被遗忘的大屠杀》，除了对书中所揭示的史实感到震惊之外，我还感到有些羞惭。南京大屠杀的历史，日本有人死不承认，或不敢面对，对于我们中国人而言，这是一段人所共知的历史。很多历史学人一直在研究并挖掘这段历史，以前也曾有过徐志耕的纪实作品《南京大屠杀》。但是，并没有更多的中国作家走进这段历史，并像张纯如一样以自己的生命追溯并书写这段历史。包括我自己在内，也曾经写过报告文学。

后来,终于看到了严歌苓的小说和张艺谋的电影《金陵十三钗》。但毕竟是后来的事了。而且,在他们的作品中,能够看到张纯如书写南京大屠杀的历史的影子。

当一切事过境迁,战争的硝烟化为节日绚丽的焰火,流血成河的地方变成红花一片,历史的记忆很容易被遗忘在风中。如果没有对于那场战争血淋淋的揭示引起的愤怒,和对自身怯懦、冷漠和无知的羞惭和自省,所谓反思便是轻飘飘的,是不会触及我们的骨髓的,而只会沦为一种庄严的仪式。特别是如今处理抗日战争题材的影视作品,更多是将战争搞笑式的儿戏化或卡通式的漫画化,敢于面对历史残酷并让我们自身警醒有着强烈在场感的作品,无疑是难能可贵的。

张纯如的难能可贵,不仅在于她的勇气和良知,同时,在于她的写作并不仅仅是对于已有材料的占有和梳理,然后加一些感喟的罗列再现,而是有她自己的发现。这种发现,来自她的艰苦工作,在浩如烟海的材料中沙里淘金的结果。是她发现了《拉贝日记》和《魏特琳日记》,为南京大屠杀找到新的有力的证据。她的书,便不囿于文学窄小的一隅,而是让历史走进现实,让文字为历史证言,为心灵和良知证言。

如果没有张纯如的这本书,对于这个浩瀚和冷漠的世界,南京大屠杀可能还会只是一段尘封的历史,甚至是被淡忘的历史。有了张纯如的这本书,才有了后来美国的纪录片《南京》,让这段历史再一次血淋淋、触目惊心地走到世界的面前。我一直以为，这样一部纪录片，应该是由我们来拍摄才是，才对。我们自己曾经经历过的伤痕斑斑、血泪斑斑的痛史和恨史，我们却没有美国人敏感和有使命感。也许，我们不是不能够做到，而是没有想到去做。

在我国设立的南京大屠杀的首个国家公祭日的前夕，我在央视看到了五集电视纪录片《一九三七南京记忆》的第一集，主要介绍的就是张纯如。当我看到那样漂亮那样风华正茂又是那样正气凛然的张纯如的时候，禁不住老泪纵横。在电视片中，我也看到了她的父母。她去世那一年的年龄，和我的孩子今年一般大，都是做父母的人，我可以理解他们失去女儿的心情。同样，我和他们一样，怀念这位可爱又可敬的女儿。

张纯如只出版过三本书。我想起我自己，出版的书的数量，远远超过了她。但有的时候，真的不是以数量论英雄。记得陈忠实曾经说过，一个作家一辈子要有一本压枕头的书。张纯如就有这样的一本书。对比她，我很惭愧。

看完电视的那天晚上，我半夜都没有睡着，打开床头柜上的台灯，趴在床头，写了一首小诗，以表达我对张纯如的敬意——

纯如清水美如霞，魂似婵娟梦似侠。

叶落是心伤日月，剑寒当笔走龙蛇。

袖中缩手荒三径，纸上刳肝独一家。

直面当年大屠杀,隔江谁唱后庭花?

2014 年 12 月 13 日于第一个国家公祭日

扫壁齐寻往岁诗

——致罗达成

达成兄:

你好,将过去的事情回忆一下,陆续写了几天,发给你看看,不知能不能对你有些帮助。

印象中我们之间的第一次信件来往,是我写的一篇关于姜昆的稿子,你打电话说要给我寄校样,我告诉你我正要跑到青海我弟弟那里。那是 1981 年的夏天,我在中央戏剧学院还没有毕业,最后一年实习,我选择去青海。我人还没有到青海,你已经将校样寄到我弟弟那里。我弟弟到柳园火车站接我的时候,带来了你寄来的校样。我没有想到你那么快,那么负责。因为在此之前,并没有哪家报刊非要寄校样给作者看的。

从青海回来,你打电话问我青海有什么可写的东西,我写了那篇《柴达木传说》。这篇写右派命运的报告文学给我带来很大的影响。为了写这篇报告文学,你曾经多次打电话给我。你对我给予了很多的鼓励,希望我赶紧写出来。但是,这篇东西一直拖到一年多后的 1983 年 5 月份才写出来。我自己想沉淀一下,希望写得好一些。你既希望我尽快写出,又耐心地等我,给予我极大的信任。那时,我还没有见过这样的一位编辑会这样对待一个作者,心里很感动。

这一年中间,也就是 1982 年的春天,我在家里洗衣服的时候听广播,听到天津一家副食店的女会计一家住房紧张的故事,故事很打动我,和你通电话的时候,我说起这事,你鼓励我去写,我立刻去了天津,找到这位女会计。在天津河北区图书馆阅览室那座二层小木楼上,我用了整整一天的时间,写完了《海河边的一间小屋》,寄给你了。你说写得不错,希望找这位女会计的照片,我又到天津找照片给你寄去。没有想到这篇报告文学获得了全国第二届报告文学奖。你得知获奖消息,想尽快地通知我,我正在南京参加《青春》杂志搞的一个笔会,住在南京郊区部队的招待所里改稿。由于是部队,电话不好打,你从北京打到南京,不知用什么法子找到了我,高兴地告诉我获奖的消息。电话里隐隐约约还能听到梅朵祝贺的声音,我非常感动。

那时候,我家里没有电话,公共电话离我家有一段距离,你要等好长时间,每一次我跑到那里接电话的时候,总听见你第一句话是:"肖复兴呀,我打电话找你可是好多次了,你的稿子写得怎么样了？……"亲切，又有催促的压力。

忘记当时谁告诉我，第一届报告文学评奖的时候，初选篇目有我在《雨花》发的《剑之歌》，是写当时击剑运动员栾菊杰的教练文国刚的命运。有评委说写得不错，但文字有的地方有毛病，便未被评上。第二届，终于被评上，我想因素一定很多。当时，我在文坛之外，并不了解，也并不关心。但我想这篇东西发表在你们《文汇月刊》很重要，如果是发在其他刊物上，可能是另一种命运了。我想，这就是你们《文汇月刊》的地位和影响了。

大概是1984年的春天，我要去浙江大陈岛采访那里的一批自1950年就在那里开发建设的老知青，顺便带着老婆孩子到上海、杭州玩。我毫不客气地请你帮我订好在上海住的房间和他们娘儿俩返回北京的火车票，以及我去大陈岛的轮船票。你一一帮我办好，记得是住在上海文艺出版社的招待所。你到火车站接的我们。那是我们第一次见面，在此之前，我们只是通了三年的信或电话而已。但一点都不生疏，觉得很亲切，很亲近，仿佛早就相识。那一次，是你带着我到丽宏那间没有窗户的小屋。我们三人长达三十多年的友谊就是这样开始的。那时，我们真的还年轻。

那一次，也是我第一次见到梅朵，他和你一起请我们一家在锦江饭店吃的西餐。后来，你还带我们一起到红房子吃过一次西餐。在你们报社那老式的电梯间里，你带我到你们的编辑部，也见到了关鸿。记得那时候小铁见到这老式的电梯觉得好玩，总想多坐几次,都是你怕他单独一人不安全,拉着他的手来回坐了好几次。你对孩子的爱心和耐心,给我留下很深的印象。小铁的童年对你和丽宏的印象最深,在他七岁多的那一年,他说他做梦梦见你在叫他的名字。那是一种多么温馨的感觉。

在去大陈岛的前夕,由于当时工作调动问题,我接到北京的电报得立即回北京,大陈岛去不成了,你没有埋怨我,帮我退了船票,又买了飞机票,让我返回北京。那一次的上海之行,给我留下难忘的印象。

1985年,我在上海文艺出版社出我的第二本报告文学集《生当作人杰》,请梅朵写的序。你看过之后,对我开玩笑说:老梅还是对祖芬的感情更深,他给你的序,比他写祖芬写得差多了。记得当时,梅朵也在场,他只是笑,没说什么。我当时对他说:您不能这样厚此薄彼呀。他说:下次你再出书的时候,我再写,一定写得好一些。他也真是一个可爱的老头。

1985年的夏天,我再次去青海采访。你帮我办了一个《文汇报》的特约记者证,说是可以帮助我采访,来回乘车如果买不到票,也可以派上用场。同时,你说这次去青海采访的车费和住费,你们来报销。记得那一次,我到兰州的时候已经是半夜,先被安排住进兰州宾馆,一看那么高级,房费那么贵,就没有住,走了出来,在旁边找了一个招待所住下。回来后,你埋怨我:能有多贵呀,你就住一夜,怕什么的! 其实,你也是关心我。

那一次回来，我写了《柴达木作证》和《啊，老三届》。这两篇东西，对于我很重要，我希望写得好些。你开始了一贯轮番轰炸般的电话加电报的催促和督战，让我不敢怠慢。记得接到你收到《柴达木作证》后的第二天就给我发来的一封电报，告诉我下期发。竟然如此迅速。十天以后，你寄来了《柴达木作证》的校样，你催我改后立即寄回，我连夜改了一宿，第二天就病倒了。记得写完《柴达木传说》后，我也病了一场。那时候的报告文学，我们真的都是倾注了感情的。

这中间，还有你对我弟弟肖复华的帮助和支持，他当时在青海石油局的生产调度室当调度，学着我也写了几篇报告文学，先后都经你的手在《文汇月刊》上发表了，特别是《当金山的母亲》，让他获得首届青海省政府文学奖，他调到报社和文联，树立了写作的信心，接着写了一些关于柴达木的报告文学，这都和你的鼓励和扶助是分不开的，同时也说明当时《文汇月刊》的影响力之大，几篇作品，可以改变一个作者的命运。

这一年，1986年的夏天，我们一起去庐山参加《百花洲》笔会，同行的还有丽宏、何立伟，还有《随笔》的主编黄伟经。他刚刚看完发在《文汇月刊》新一期上的《柴达木作证》，非常激动，要我写一篇采访札记，我当时以为他只是随便说说，客气而已。第二天，我们去看电影《庐山恋》，路上，他又对我说起写采访札记的事情，你和丽宏都对我说：你应该写写。你觉得应该让更多人读到这篇作品，了解报告文学。

这是我们唯一一次共同的出游。其实，还有很多次机会的，但是，当时，你的工作很忙，脱不开身，杂志你又太投入，便都没有和我们一起参加活动，放弃了很多机会。1987年12月广州全运会的时候，我意外碰见了你，难得你能出来一次散散心。你悄悄地对我说第一次享受作按摩的情景。你那时好奇又得意的样子，简直像个孩子。

中间这几年，我只能在到上海的时候，或者你来北京的时候，和你见面。在北京，都是你来工作，住在你们文汇报驻京记者站，每一次都是来去匆匆。每一次，都是你请我吃饭。印象深的一次，我去那里找你，正好碰上蒋大为，你在采访他。那时候，我刚在你们《文汇月刊》上发表了写宋世雄的报告文学，宋世雄由此分到了前三门的一套三居室的房子，解决了他的大难题。我对你发牢骚：我们写他们帮助他们解决了实际困难，我们自己的困难却没有人帮我们解决。你对我说，大概意思是，谁让我是报告文学的作者呢，这就是我们的命。如果是为了我们自己，也就不写报告文学了。还有一次，是詹少娟请你吃饭，你拉上了我。我们一起交谈最开始相识的情景和彼此的一些感情故事，那时候，作者之间，作者和编者之间，友谊真的十分美好。记得那是1988年年底前后的事情了，那样的情景，显得遥远得很，只在回忆之中了。

1987年，那一年，我四十岁。你打电话要我的照片，说是要登在你们《文汇月刊》的封面上,同时配发我写的《啊,老三届》。这是你的美意,对我的鼓励。无形中扩大了《啊,老三届》的影响。王小鹰就是看到了这一期杂志的封面,再看这篇报告文学,然后给我写了一封信,发表在文学报上,对这篇报告文学给予了鼓励。同时,当时从人民日报文艺部调到人民日报出版社当社长的姜德明,也是看到了这一期的杂志,找到我要出《啊,老三届》的单行本。这一年的年底,安徽文艺出版社也找到我,要出《啊,老三届》的书。《啊,老三届》这篇报告文学有这样的影响,是你的鼓励和支持的结果,自然,也是我们友谊的结晶。

我在你的手中发的最后的文字,大概是 1990 年第一期的《母亲》了。那时候,我母亲刚刚去世不久,我对你说想写写关于母亲的一篇东西,你鼓励我写,然后就是以往一贯的做法,开始打电话催我。我把稿子写好寄给你,没过几天,你就着急打电话怎么还没有收到稿子。收到稿子后,你立刻发稿,打电报告诉我下期刊发。

《母亲》发表后,自此,我所有重要的报告文学主要都发表在你们《文汇月刊》上,以后,我也再没有写过报告文学了。很多人是从《文汇月刊》上认识我的,而且因为都是在你们的《文汇月刊》上发表的,便以为我是一名上海的作者。我真的非常感谢《文汇月刊》,感谢你。

1992 年春天,我从福州回来,路过上海,我们一起参加《少年文艺》的一个会，我们又见过一面，而且还同住一个房间，有了一次同居交谈的机会。那时，《文汇月刊》早停刊了，但你依然很忙，我发现，新的工作分散你的心情和注意力，也让你充实一些，所以，你很少回房间来住。

1998年的夏天，小铁高中毕业，上大学之前，和他妈妈一起到上海玩，你还特意请他们娘儿俩吃饭，你打电话问我想到什么地方去吃。我说孩子想去红房子。你便约上丽宏和关鸿，事先定好到红房子，由于红房子早搬了家，你还找了一通呢。他们娘儿俩吃得很尽兴，也很感谢你。小铁回来后还写了一篇文章《红房子》，记录令他难忘的行程。饭后，你给我打电话说：你交给我的任务完成了。不过，红房子的菜可真不怎么样，远不如以前了，现在上海好吃的地方多得很，干吗非要找这么个地方。

关于我和你和《文汇月刊》的记忆，在新世纪到来之前，算告一段落。这是最重要的一个段落，从80年代初到90年代末，是《文汇月刊》也是文坛最重要的段落，同时也是我们人生最重要的段落。那时，我们还算是年龄合适、精力充沛，又都对报告文学充满真诚与激情、理想和向往。无论我们的行为，还是我们的作品，真的，我们都问心无愧。记得那时看到《胡风传》，我忘记是不是李辉或者是梅志写的了。在写了胡风跌宕的命运之后，对于文坛，作者说了这样一段话，给我留下了很深的印象，大意是："文坛的得势、失势、趋炎附势……中国文坛是个没出息的地方。"我不知道这是对以往中国文坛的总结,还是对当时中国文坛的诘问。我们都希望在潮起潮落中保持自己对于文学对于现实的良知和起码的底线。

只是,这些片段,可能有记忆有误的地方,而且都很琐碎,没有什么值得论说的,不知道会对你写作这本关于《文汇月刊》的书有多大的帮助。想起放翁的诗句:寻僧共理清宵话,扫壁闲寻往岁诗。又觉得对于我们的友情,对于那个已经逝去的时代,这些琐碎的往岁回忆,也许还有些意义,起码对于我们自己是难得的纪念。如果还有什么需要,请吩咐就是。

希望你的笔记录关于《文汇月刊》从创刊到停刊那段难忘的历史,帮助那些对历史飞快遗忘的人,也帮助那些对变化现实中的权势和资本过于钟情的人。

去年年底新编了一本书,大概今年上半年能出来。是将写柴达木的报告文学集中一起,书名取为《柴达木作证》,其中绝大部分文字都是发在你们《文汇月刊》上。编这本书的时候,自然想起了你。没有你的鼓励、支持和督促,就没有这些文字。这些文字中,有飞快逝去的历史,也有我们共同的感情和记忆。把这本书的后记也发给你看看。

期待着你早日动笔。

2013 年 3 月 14 日于北京

吴小如和德彪西

读吴小如先生的学生编写的《学者吴小如》一书，最过目难忘的是小如先生的冰雪精神、赤子之心。特别提及其少作对名家以及他老师的评点，直言不讳，率真而激扬，真是令人格外感喟。因为面对今日文坛见多不怪的红包派发、商业操作的吹捧文章，这样的文字，几成绝响。

看他批评钱锺书，"一向就好炫才"，说钱虽才气为多数人望尘莫及，但给读者"最深的印象却是'虚矫'和'狂傲'"。他批评萧乾的《人生采访》文字修饰功夫，"总嫌他不够扎实"。他批评师陀的《果园城记》"精神变了质"，"失败的症结不在于讽刺或谴责，而在于过分夸张讽刺成了谩骂，谴责成了攻讦"。他批评巴金的《还魂草》拖泥带水，牵强生硬，"一百多页的文字终难免有铺陈敷衍之嫌"。

就是自己的老师，他的批评一样不留情面，敢于指手画脚。

比如对沈从文的《湘西》等篇,他说道:"格局狭隘一点,气象不够巍峨。""作者的笔总还及不上柳子厚的山水记那样遒劲,更无论格古情新的《水经注》了。"对于废名,他直陈不喜欢《桃园》,因为"没有把道载好","即以'道'的本身论,也单纯得那么脆弱,非'浅'即'俗'"。

这让我禁不住想起法国音乐家德彪西。2012年,是小如先生九十岁寿,又是德彪西五百五十周年诞辰。两位年龄相差整四百六十岁的人,直率的性格以及对待艺术的态度,竟然如出一辙,遥相呼应一般,相似得互为镜像。

年轻时的德彪西,一样的指点江山,激扬文字,粪土当年万户侯。他说贝多芬的音乐只是"黑加白的配方",莫扎特只是"可以偶尔一听的古董";他说勃拉姆斯"太陈旧,毫无新意";说柴可夫斯基的"伤感太幼稚浅薄";而在他前面曾经辉煌一世的瓦格纳,他认为不过是"多色油灰的均匀涂抹",嘲讽他的音乐"犹如披着沉重的铁甲迈着一摇一摆的鹅步";而在他之后的理查·施特劳斯,他则认为是"逼真自然主义的庸俗模仿";比他年长几岁的格里格,他更是不屑一顾地讥讽其音乐纤弱得不过是"塞进雪花粉红色的甜品"……他口出狂言,雨打芭蕉,几乎横扫一大片,肆意地颠覆着以往的一切,他甚至这样口出狂言道:"贝多芬之后的交响曲,未免都是多此一举。""过去的尘土不那么受人尊重!"

有意思的是,无论小如先生,还是德彪西,这样直率甚至尖刻的批评,当时并没有惹得那些已经逝去的大师的拥戴者,和依然健在的被批评者火冒三丈,或是急不可耐地反批评,或者带有嘲笑的口吻说其"愤青"一言以蔽之。这种对于年轻人的宽容,既体现了那些学人作家与艺术家的宅心宽厚,也说明那时的文化氛围,如当时的大气与河流少受污染。这是一种文化的生态环境,在这样的环境中,作家、艺术家与批评家,万类霜天竞自由,才能够一起相得益彰地成长。

于是,就像小如先生年轻时以那样对前辈与老师直率的批评,和对艺术与学问的真诚态度,步入他以后长达半个多世纪之久的学问之门。德彪西也是这样,打着"印象派"大旗,以其革新的精神,创造了欧洲以往从来没有的音乐语言。在他三十二岁时创作出《牧神午后》时,法国当代著名作曲家皮埃尔·布列兹(P. Boulez),就曾经高度评价并预示:"正像现代诗歌无疑扎根于波特莱尔的一些诗歌,现代音乐是被德彪西的《牧神午后》唤醒的。"

说起那些少作,小如先生说自己是"天真纯朴的锐气"。燕祥说他是"世故不多,历来如此"。天真和世故,是人生与学问坐标系中对应的两极。我想,这应该就是小如先生的老师朱自清所说过的那种"没有层叠的历史所造成的单纯"吧。学者也好,文人也罢,如今这种单纯已经越发稀薄,而世故却随历史的层叠,尘埋网封,如老茧日渐磨厚磨钝。自然,如小如先生和德彪西年轻时的那种"天真纯朴的锐气",也就早已经刀枪入库,成了可以迎风怀想的老照片。

但是,我一直以为,小如先生也好,德彪西也罢,他们年轻时的那种"天真纯朴的锐气",其实更是一种如今文坛和学界所匮乏的精神。有了这种精神存在,文人之文,学者之学,才有筋骨,也才有世俗所遮蔽下独出机杼的发现和富于活力的发展。

小如先生曾经说过这样一段话:"再有些人,虽说一知半解,却抱了收藏名人字画的态度,对学问和艺术,总是欠郑重或忠实。"对于今天的学术、艺术,或作家与作品,这段话依然有警醒的意义。对待上述的一切,我们很多时候确实是"抱着收藏名人字画的态度",有些谦卑,有些妄想,有些世故,有些逢迎,有些揣在自己心里的小九九,便有些欲言又止,有些王顾左右而言他,有些违心的过头话,有些成心的奉承话,甚至有些膝盖发软,有些仰人鼻息,只是没有一点脸红。

2012 年岁末于北京

从菱窠到慧园

　　菱窠并非真的有菱角,而是形状如菱角的一片水塘。1938年,李劼人买下这块地方,是为避日本飞机的空袭,将全家从成都市里的桂花巷搬到这里。那时,这里已属于农村,是姓谢的一家的果园,因是战争期间,很便宜便买了下来。再外面倒是有一片菱角堰。李劼人便把自己这个新家取名叫作"菱窠"。

　　如今,菱窠成了李劼人故居,对外开放,就在川师大附近。城区扩大了,菱窠已经离城不远。在故居的展览室里,看到了一幅老照片,李劼人的夫人领着他们的小女儿站在菱窠的门口。看那时的菱窠,门是柴门,墙是铁蒺藜蔓上竹子编的,只能叫作篱笆,想大概与当年杜甫的草堂类似,所以当年李劼人自己说是"菱角堰前一茅舍"。取名"菱窠",与见惯的各种"堂"呀"室"呀,便大不同,窠就是窝而已。门前便是状如菱角的水塘,绣满一池荷花,不管战火纷飞,没心没肺地开放着。

如今的菱窠,大门和墙都气派了许多,道士门式样的大门虽然不大,却有着门楣、门墩和瓦檐,还有醒目的"菱窠"的匾额。门前的水塘没有了,但有一块小小的停车场,再往前紧连马路的空地,正在紧锣密鼓地大兴土木,据说是要建公园。以后的菱窠,便成为园中园,会有沧海桑田之感了。

　　走进菱窠,左侧是花草树木掩映,建筑都是白墙灰瓦铁锈红的柱子,典型川西风格。正面是一座带环廊的二层木楼,坐南朝北,西侧面是一排厢房,楼后有李劼人夫人的墓地。楼前开阔的草坪上,立有一座汉白玉的半身塑像,想一定就是刘开渠雕塑的李劼人的像了。东面有一方不大的小湖,湖边有水榭、亭台和游廊。紧靠大门的一则,则是李劼人曾经开在指挥街上的"小雅菜馆"。院落里面除了几个工作人员围坐在藤椅桌子前在喝茶下棋,没有一个游人,偌大的菱窠幽静得很,风闲花落,空翠湿衣,仿佛远避万丈红尘的一个隐者。

　　显然,故居是经过精心的整修,才显得如此花木繁盛,完全园林化了。现代作家中,能够以自己的稿费买下的故居完好保存下来的,已不多见。北京的郭沫若和茅盾的故居,是新中国成立以后政府划拨的。老舍故居是自己买下的,尚在,但远不如这里的轩豁。至于鲁迅在绍兴会馆的故居和林海音在晋江会馆的故居,已经破败拥挤成了大杂院。其实,当年李劼人买下谢家果园,比现在看到的还要宽阔,足有十二亩,各种果树繁茂,后来建校园,占了八亩，现在的菱窠只剩下了四亩左右，比原来缩小了三分之二，小多了。

李劼人的经历比一般作家要丰富得多，经历了辛亥革命、五四运动、抗日战争和新中国成立后的建设与运动。读中学的时候，李劼人赶上四川保路运动，作为中学生的代表参加了保路同志会，还和王光祈等人发起了少年中国学会，创办了《星期日》周刊。1919年年底到法国半工半读留学四年十个月，回国后当过民生机修厂的厂长，新中国成立后当过成都市的副市长。如此丰富的阅历，使得他作为作家一出手就与众不同，他的《死水微澜》《暴风雨前》"大波三部曲"，描摹辛亥革命前后时代风云的长篇巨著，开新文学史上多卷本史诗性长篇小说的先河。可以看出，他的抱负气吞万里如虎，他是想做巴尔扎克《人间喜剧》和左拉《卢贡—玛卡尔家史》一样的工作，希望把"小说"写成"大说"。

故居的一楼是李劼人的起居住房，二楼是陈列室。居室完全复原当年的情景，很朴素，书房里摆一张单人床，是李劼人当年改《大波》时特别放在这里的，怕吵夫人睡觉，自己在书房里写累了就睡。故居在1959年曾经翻盖一次，用的是李劼人的稿费，那时，他的三部曲再版，《死水微澜》和《暴风雨前》的稿费先到，有八百多元，翻盖不够的费用，等《大波》的稿费到后再补上。想来那时的稿费还真的顶用。

翻盖菱窠，主要是为了安静下来仔细修改"三部曲"。新中国成立后修改"三部曲",成了李劼人的大事,此事得失参半,留与后人评说。在书房里,令我走神的是,奥地利的音乐家布鲁克纳和李劼人一样,也是格外虚心听取别人的意见,对自己的作品一辈子都在修改,但最后改动的结果不见得就比最初的如意。李劼人就是在这间书房里一直改他的《大波》,改写了四次,一直到临终的前一天还在改。无奈天不假年,他只改好了十二万字,余下了三十万字,如嗷嗷待哺的一只只小鸟,只能空留在书桌上了。

客厅的墙上,挂着几幅字画的复制品(李劼人字画藏品很多,有一千多幅明清古画),其中一幅兰石图,逸笔草草,却运笔用色均不俗,仔细看,原来是号称川西孔子刘止唐之子刘豫波的画。他是清末民初成都有名的五老七贤之一,曾经是李劼人在石室中学读书时的国文老师。看画上有题跋:"既淡养心,坚定立学,三十余年此心空谷,一笑相通,还持旧说。"这里有赞许,也有期望,还有一份遗老的遗风。一打听,知道是李劼人和老师分手三十多年后,在成都的街头和老师不期而遇,老师赠他的画作。李劼人一生对刘豫波都非常敬重,他曾经说,老师"教我以淡泊,以宁静,以爱人"。大概就是刘豫波要坚持的"旧说"吧。

1962年年底,李劼人去世后,菱窠一度荒芜。但在"文革"期间幸存,没有遭到破坏,主要因为做了政府的招待所,后来改为库房和宿舍,一直有人住,便保留着旧貌和人气,实在是万幸,和如今一些名为故居实则新造的假古董完全不同。1959年翻盖时,故居曾经增添了一些楹联,此后重修,楹联更多,分不清哪些是新哪些是旧了。但楹联很有文学的气息,和别处不同的是,李劼人自撰的楹联很多。我非常喜欢其中1946年他的自撰联:"历劫易翻沧海水,浓春难谢碧桃花。"正是抗战胜利之时,透露他的心情,如果和那时同在成都迎接胜利的陈寅恪写的诗相比,可以看出其中的不同。一幅是1962年病重后的自撰联:"人尽其才地尽其力物尽其用,花愿长好月愿长圆人愿长寿。"和他的三部曲一样,依然是宏大叙事的笔触和襟怀。还有一幅,不知撰写于何年:"冷眼看空游侠传,热情涌出性情诗。"我最喜爱的,是1961年他的自撰联:"最有文字惊天下,莫叫鹅鸭恼比邻。"情趣盎然,是杜甫诗巧妙的改写。

最后来到他的雕像前,刘开渠和他在法国留学期间就结识,成为好朋友,抗战期间在成都,他们两人一起发起、建立了抗日救国的组织,友情弥深。雕塑家为作家雕像,如罗丹之于巴尔扎克,刘开渠和李劼人是一对剑鞘扣。但看刘开渠为李劼人塑的像,却没有那么多的感情宣泄,而以完全写实的风格,还原老朋友淡定又笃定的风貌,又因是汉白玉的材质,显得静泊,有些冷。想那时刘开渠已老,早是春秋阅尽。再看像后的基座上有张秀熟撰文、马识途书写的铭文:"巴蜀天府,地灵人杰;劼人先生,一代文哲;锦心绣口,冰清玉洁;微波大澜,呕心沥血;山何巍峨,日何烨烨;缅怀斯人,高风亮节。"赞誉之词,和塑像风格正好冷热均衡,动静相宜，山水相合。

从菱窠到慧园，并不远，但感觉却像走过了漫长的一个世纪。并不是因为巴金和李劼人作为成都双子星座的作家，一位一生扎根本土，一个十九岁离开家乡，到晚年才得以归家探望，使得两者的时间距离拉得那样长。也不是因为慧园在闹市中心，与菱窠田园风的静谧，呈过于鲜明的对比。而是作为巴金故居的补充物，慧园体现了故乡人对巴金的一片深情厚谊，毕竟巴金在东珠市街上的李家老宅已经不在。慧园的名字取得极好，取巴金《家》中人物觉慧的慧字，寓意多重，充满想象力，总希望能有一个让人们怀念和怀旧的地方，能够重新走进巴金，走进巴金所创造的《家》的地方。只是新建的慧园，和老的菱窠容易拉开时间的距离，建筑和树木一样，身上的年轮醒目，由老的菱窠到新的慧园，仿佛旋转舞台上的布景置换，洞中方一日，世上已百年，让我感到仿佛走了那么长的时间。

慧园在百花潭公园内。锦江之滨，花繁叶茂，天然幽韵，难得的好地方。慧园设计为二进院，院四围有游廊环绕，地方不大，却小巧玲珑。大门轩豁，门前有一小广场，叫慧园广场，修竹茂树鲜花掩映，门楣上有启功题写的"慧园"匾额，门两旁的抱柱联为马识途书写："巴山蜀水地灵人杰称觉慧，金相玉质天宝物华造雅园。"前院为牡丹厅，厅堂的匾额"牡丹厅"，朱家溍题写；两侧的抱柱联："慧以觉生成家不易，国因文建明德常新。"后院为紫薇堂,匾额"紫薇堂",史树生题写;两侧的抱柱联:"巨匠文章感召热血青年融入激流三部曲,高山品格怀念赤忱耆老坚持真话一条心。"字都是好字,以意思而论,前院一联最好,既有巴金小说《家》中沧桑历史之感,又有引申进一番行船万里今世之意,有家有国,联袂而意味幽然。

慧园是1989年正式对外开放,1987年巴金最后一次回家乡时,慧园正在动工,巴金专门来看过,回上海后为慧园捐赠了好多物品,应该说对慧园寄予感情和希望。如今慧园前后两院的厅堂中,还摆放着当年开馆时的陈列品,有关于巴金生平和创作的照片、书籍和书柜等实物,只是都已经发黄,留下了虽然并不太长却已经尘埋网封的日子的痕迹。岁月真的是一个伟大的雕塑师,可以将一切雕塑成另一番模样。没有感到"慧以觉生"的意思,倒是真的感到几分"成家不易"的样子,因为眼前的慧园不再像是觉慧的家,而是出租他用一般,满眼都是茶客,厅堂、院子里,连走廊里都摆满了桌椅,茶香缭绕,人声鼎沸。前院还专门设有家宴,广告牌上标明两种规格:268元一桌含10杯茶,1888元一桌含10杯茶。四周巴金的一切老照片、老书籍、老物件,都在陪伴大家喝茶,任流年碎影和眼前的茶香花影交织,真的有不知今夕何年之感。

二十年前,我第一次来慧园,那时慧园刚建成开放不久,一切恍若梦中。那时,虽然前院在举办盆景展览,毕竟只是盆景,悠悠韵味,和书香谐调。而且,将慧园扩展功能,吸引更多人到此流连,也是相得益彰之事。不过二十多年后,慧园却变成了茶馆和家宴,总让人有些惘然。忍不住想起坊间流行的民谚:巴金不如铂金,冰心不如点心。

　　幸亏大门前的慧园广场,还如以前一样安静。树荫竹影下,有花香袭来。正面,有叶毓山雕塑的晚年巴金拄着拐杖的全身青铜像,一侧在一方长石上镌刻着冰心的题词"名园觉慧"。让人感到巴金和冰心两位老朋友,还在并肩一起,睿智却也宽容地看待眼前的一切,或许会说我不必自作多情,文学本来就不是什么非登大雅之堂不可的事,和乡亲们一道喝喝茶,吃吃饭,有烟火气,有乡土气,有什么不好?到慧园而能觉慧者,那不过是额外的赠品。

2012 年 3 月于成都

无爵自尊赉园书

　　成都和平街是三国时期就有的一条老街,表面上看来波澜不惊,里面却别有洞天,所谓包子有肉不在褶上。

　　这条街上有三国蜀将赵子龙的故宅,故宅处有赵子龙战罢归来的洗马池,成都人管池叫作塘,所以这条街最早叫作子龙塘街。早听说洗马池之东,原来有一座颇大的花园,叫景勋楼,是清雍正年间四川提督岳钟琪的宅第,其名声与洗马池齐。民国之初,一代富甲天下的大盐商严雁峰,买下景勋楼,于1914年至1924年,历十年之久翻建成新园,取名为赉园。这期间,严老先生于1918年仙逝,由其子严谷孙继续造园。算一算,那一年严谷孙年仅十九岁。父子两代的共同努力,将岳府改造成新型的四进院,这种四进院不是北京传统四合院的格局,气派和占地更要大得多。据说每一个院落都自成一格,不仅房间多,并都有自己花木扶疏的大花园。听老人介绍,这里最显眼的是修竹、银杏和桂花树,一年四季都绿荫翁郁，花开不断。

园子最后面亦即当年岳家景勋楼的旧址上，建成最负盛名的"贲园书库"。有人说贲园取其"贲"字"气势旺盛、高起来"之意，其实，严雁峰别号贲园居士，在我看来，贲园就是自家书库而已。

和我们如今一些富商有钱就豪赌，或豢养"小三""小四"，或投资时髦的足球与电视剧不大一样，严雁峰钟情于图书，有钱投在买各种珍本善本的书籍上，是一位名副其实的藏书家。在建贲园之前，他曾于光绪二十年（1894 年）入京，以巨资购进大批古书，装运四川；途经西安，见有人出售藏书，虽要价不菲，又不惜重金，倾囊而出，全部收进。一时豪举传为美谈。

可能是老天要给我一些补偿，那天，我去和平街寻洗马池未果，偶然听说贲园尚在，颇为兴奋。毕竟历史未曾完全如烟飘逝殆尽，便误打误撞闯进了贲园。

如今的贲园已经成为图书馆的宿舍，一片简易的矮层居民楼，立在那片曾经藏龙卧虎之地。走进不大的铁门，沿着一条干净的甬道走进去，甬道几十米，不长，但两旁楼群林立，想当年肯定是左右轩豁，所谓口小膛大，腹内可撑万里船。

甬道尽头，被一扇铁栅栏门挡着，进不去了。隔着栅栏，可以看见正在修缮中的一扇月亮门，门脊上的瓦还没有盖全。隔着月亮门，有大树遮掩，依稀看见有灰色的小楼隐现，想那应该是贲园的藏书楼了。可惜，折回大门前的传达室，如何说想一览藏书楼的芳容,传达室就是不给钥匙开门,只说需要听省图书馆的指示。

没有办法,第二天大清早找到省图书馆的馆长,才终于走进藏书楼。没有看见月亮门门楣上雕刻着两个篆字"怡乐"。据说,贲园里这样的题字颇多,最有名的还有严雁峰自撰请于右任书写的一副对联:"无爵自尊,不官亦贵;异书满室,其富莫京。"更是黄鹤不知何处去了。但是藏书楼上嵌着"书库"的隶书横匾,虽然斑驳,却清晰在目,留下岁月的一点物证。

楼前的小院,远没有我想象中的大,想以前读书曾经看到对贲园书库的介绍,说是"书库建在花园中"。那么,该比眼前的园子要大、要漂亮才是。藏书楼正在重新维修,院子里一片狼藉。但藏书楼两侧各有一棵高大的银杏树,像是以前留下来特意陪伴藏书楼的,百余年来,算得上为藏书楼红袖添香的知己。

藏书楼二层的建筑风格中西合璧,墙体灰砖磨砖对缝,近百年依然很结实,那时候的工艺不欺岁月和人。月亮门设于楼正中间,门楣之上的房檐和整座楼的房檐,都是灰鱼鳞瓦铺盖,典型中式。但门顶上是阳台,和门两侧对称的窗,尤其是二层窗上拱形券式的装饰,有清末民初西风东渐时的洋味儿。

走进楼里,光线幽暗,地上遍布施工的杂物,楼梯还在,楠木地板还在,只是楼下楼上一样空空如也,面积并不大,两层也就两百平方米左右,真难以想象当年严氏父子那三十万册的藏书济济一堂,是如何藏下的。据说,墙的四壁有通气孔,每扇窗前有气窗,可使空气流通,温度稳定,可惜我不大懂,未加仔细观看。据说,书架、书柜全是楠木、香樟。书库内对虫蛀、水沤、霉烂、发脆、脱页、断线等均有良好的预防设施,常年雇人在此翻书,防止虫蛀、水沤、湿气浸润,避免书页生霉、发脆,才完好地保护了这三十万册藏书,其中包括宋版孤本《淮南子》《淳化阁双钩字帖》,及明"马元调本"珍版《梦溪笔谈》,这样珍本善本的书籍就有五万册,一直到新中国成立后才得以全部捐献给国家,确实不容易。严雁峰老先生曾告诫儿子说:"读书难,藏书尤难,藏之久而不散,则难之难矣。"只要想这么多年来,历经战乱,严家将藏书全部装箱,分藏于大慈祠和龙藏寺,十余年后战火平息再搬回藏书楼,所历经的周折,便会感慨更不容易。可惜,这一切更是无法亲见,只能遥想当年。

如此功能齐全又藏品丰富的民间藏书楼,难怪被称为成都的"天一阁"。来成都的文化名人,几乎无一不来贲园一亲书香,去看书库挂墙汉刻,插架明版,去和主人诗吟唐宋,谈慕魏晋。来过的人可以数出糖葫芦般一长串,其中最为成都人热衷的是张大千。抗日战争中,张大千来成都,住严谷孙家,贲园书库对他开放,同时,因张大千家属及随行弟子、伺从,一行迤逦有四十余人,严谷孙还为他准备了二十多间房屋居住。据说,张大千还养有老虎、猴子和藏獒等一些动物,每天所吃的大量肉食,也都是严家花费。这且不说,严谷孙还将院侧客厅改建成画室,特做一张巨型楠木画案。张大千在严家一住两年,其一丈二尺玉版宣画成的《西园雅集园》,大幅泼墨荷花,《杨妃戏猫图》,均在这楠木画案上面挥洒而就,并在文庙后的成都女子师范学校展览。日后,张大千到敦煌临摹壁画,回成都举办敦煌画展,包括来往路费等所有费用,都是严谷孙出资,为此,严谷孙不惜变卖了自家的家产。如此仗义疏财,皆因严谷孙和张大千同气相求,都属于大气象之人。

严谷孙先生于 1976 年去世,终年七十七岁。站在沧桑的贲园藏书楼前,想念这位可敬的老先生,他和他的父亲真的做到了无爵自尊,不官亦贵,支撑他们这样尊贵品性的,是书。或者说,是如今我们爱说的文化。

不知道是不是我的奢想,不仅让藏书楼重见天日,也能让贲园整体恢复旧貌,这样不仅可以让这里成为一座公园,同时也可以让藏书楼重新立于花园之中,让书香随花香一起飘荡得更远。

2012 年 3 月于成都

梅州访张资平

　　到广东梅州,听说张资平的祖宅就在市区边上,便请车子拐了弯。这里原来隶属梅县东厢堡三坑村,市区的扩大,像包饺子一样,把它当成了一道美味的馅包了进来。

　　早听说张资平的祖宅叫作留余堂,张资平在这里出生,一直生活到了十九岁才离开这里,到日本留学,据说当时他考的成绩是最后一名,扒上了去日本海船的船尾。这里是他的故居,如今讲究名人故居的开发,成为不可多得的文化和旅游资源。更何况,张资平历来是颇受争议的人物,其汉奸的历史问题,以及因写三角恋爱小说闻名而遭到鲁迅先生的批评,都使得他显得有些另类而为人瞩目。只是因为张家老屋尚未收拾好,暂时未对外开放。对我而言,更愿意看这样未经修饰的老宅,哪怕荒芜如同一座废园,其凋败的沧桑之中,更容易让人捕捉到历史真实的影子。想前两年在东北看萧红故居,新得如同新娘,难以走进《呼兰河传》之中了。

走进留余堂,没有见到一个人。牌楼式的大门坐南朝北敞开着,三进三出的大院落,明显客家围龙屋的格局,中轴线连带着三座轩豁的厅堂,左右对称三排排屋,最后一排半圆形的围屋,整个院落足有七十多间房子,却空荡荡的,只有南国热辣辣的阳光,不安分的小鸟一样,在地面和屋顶上跳跃。

房屋的门窗都有些破败,里面更是一片凋零,蛛网坠落,尘土四溢,堆砌着乱七八糟的杂物。看样子,早没有人居住,所有的一切都只在遥远的回忆里了,破败而悲凉的情景,颇似电影《小城之春》里重回故里的那种感觉。但是,如果仔细看,房梁上有精美的木雕,并没有被岁月凋蚀和人工破坏,雕刻着的麒麟、如意和大鼓,依然栩栩如生。还有松竹梅莲的漆画,也清晰可见。大门“珠联璧合,凤翥鸾翔”的门联,大堂上“积善之家荆树有花兄弟乐,读书为业砚田无税子孙耕”“孝友传家诗书礼乐,文章报国秋实春华”的抱柱联,以及大门门楣上道光二年的横匾“经魁”,前堂道光十四年的横匾“文魁”,都显示出了张家当年的风光、气派和家底。张家祖上出过两个四品官,七个举人,虽不为显赫,却也值得骄傲。记得张资平在他的也是我国现代文学史第一部长篇小说《冲击期化石》中,曾用颇大的篇幅写过他的老宅,特别写过老宅的这些对联,虽然文字有出入,但忠孝传家、诗书及第的内容是相同的,还特别写过他的父亲,当年父亲是秀才,当乡间的私塾先生,他从小是跟着父亲学习的,他说"父亲是我的知己"。

最宽敞的中堂,显然被人收拾过了,中间有祭祖的条案,左侧的墙上有张氏家族捐款的名单,右侧的墙上有一排照片,是张家出过的人物。在中间,我找到了张资平,看照片下面的文字介绍,知道他是张家的第二十世孙,1906年在附近的广益中西学堂读书,1910年在东山初级师范学堂读书,十九岁当第一任学艺中学校长,同年留学日本。那上面特意注明张资平到日本学的是地质,有关于地质学的专著,似乎有意淡化他的文学生涯。

正在俯身细读,当地的朋友带来一位身材高挑、鹤发童颜的老人,才知道是张资平的亲侄子,名叫张梅祥,今年七十八岁,1940年七岁时从印尼回国,跟母亲学制衣,算作工人,出身好,新中国成立以后才没有因为张资平的问题受到牵连。但这座老宅被充公,成了生产队的人家,他和母亲住在旁边的两间茅屋。后来,他去了新疆生产建设兵团。1983年,六十岁那一年退休回来,就开始找队部要房子。他告诉我他是十九级干部,在新疆管劳改犯,退休回来,不管多难,就是想要回老宅。终于要了回来,头一天,他站在大门口,拦住了担稻子入门到庭院晾晒的农民,告诉他这里不再是大队部了。这两年,留余堂作为客家古民居已经被市里批了下来,他现在要做的是筹措资金把老宅保护好、维修好,将来把张资平的故居也开发出来。

我问他为什么当年把老宅取名留余堂,他告诉我,这是1827

年他的曾祖建的房子,他的祖父有两个儿子,希望孩子做事做人要留有余地,另一方面,留字的一种写法是上面两个口字,希望两个兄弟能够和睦。祖父的这两个儿子,哥哥便是他的父亲,弟弟则是张资平。

我又问张资平当年住哪间房屋,他先对我说,这座留余堂的格局是这样的,左侧排屋的前半部分为哥哥住,后半部分为弟弟住,右侧排屋相反,兄弟之间,你中有我,我中有你。然后,他带我到了左侧的后半紧靠中堂的三间小屋,告诉我当年张资平在这里住。这是南北前后一串的三间小屋,开间都不大。最北面是厨房,中间是卧室,最南面是书房。书房前有一个下沉式的天井,天井的前面有花墙花窗和一方小水池,前面则可以种些花草。如今,虽然凋零得长满青苔,但可以想象当年这里还是很精致的。

张老伯又带我继续往左侧走,穿过一座拱形的月亮门,来到排屋最外一层,那里有一座小厅堂,这在客家围龙屋中极少见。他告诉我这是张家的观音厅,张家大小事都要到这里祭拜的,很灵。我问他张资平当年到日本留学离家之前到这里拜过观音没有,他说记不清了,不过应该是拜过的。但是,观音娘娘没有保佑得了张资平。新中国成立以后,因汉奸的问题,他几起几落,1959年,才六十六岁,他客死劳改农场。

走出留余堂,看见前面是一弯半月形的池塘,池塘里绣满绿色的浮萍,在阳光的映衬下,绿缎子一样分外明亮。同行的一位朋友开玩笑说：应该把池塘改成三角形。这是想起鲁迅先生当年对张资平的讽刺，以为他的小说等于一个三角形。不知道张老伯听见没听见，他指着水塘对我说：水塘像墨砚。

2011 年 8 月 24 日于北京

佗城遇萧殷

　　到佗城是大中午，南中国的太阳热辣辣的，像顶着大火盆。到镇中心的孔庙参观，回头一眼看见，孔庙的前面是开阔的广场，广场一侧，有一座电影院，顶端写着"佗城电影院"，落款有萧殷的字样。忽然想到，萧殷就出生在佗城。

　　电影院有年头了。那种山字形马头墙式的牌楼，一下子让我回到20世纪五六十年代，那时候，这样的电影院在县城或小镇有很多，一直到20世纪80年代，我到青海冷湖镇，看到那里的电影院和这里几乎如同一个模子里刻出来的。一问，果然是40年代的老电影院。新中国成立以后，进行过翻修，一直延续用到现在。前两年扩建孔庙前的广场，要拆这座电影院，县委书记来视察，一看电影院的名字是萧殷题写的，要求保留下来。我想，萧殷大概做梦也不会想到，死后多年，自己的名字还能起到这样的作用，居然保住了一座老电影院。

佗城是一座古镇,隶属广东龙川县,地处粤东北,现在依然是经济欠发达的山区。对比风情万种的珠三角,这里质朴得如同素面朝天的村姑。当年,南越王赵佗设的龙川县县城就在这里,佗城的"佗"字便来源于他。萧殷出生在这里,在这里的龙川县一中上的中学,当年中学就在古镇的古代考试的试院。在贫寒中读到中学毕业,萧殷在佗城小学教过一段书,一直到二十一岁的时候才离开这里到广州读书。他就是在家乡迈出了他文学创作的脚步。萧殷活了六十八岁,人生的近三分之一时光是在这里度过的。家乡对于他不是一个符号,而是牵枝带蔓,连心连肺的。

听说萧殷的故居还在,我请求去看一看。要说萧殷不仅是我的前辈,还曾经是我的同事,他曾经在《人民文学》担任过编辑部主任。虽然,我未曾与他谋面,但早就听说他不仅是一名很优秀的文学评论家,还是一个名副其实的好编辑,不要说如白桦、邵燕祥等很多名家的处女作、成名作都出自他手(粉碎"四人帮"后他抱病还在关心并成全着当时广东的青年作家陈国凯、吕雷等人),仅看这样两条——来稿必看,来信必复,会让很多如今的编辑汗颜。想以前曾经出版过《萧殷文学书简》一书,大概远远未能收全他的书信。我私下常常以一位作家通信的多少来判断其为人的底色,乃至这可以成为其文学成就的一个鲜明有力的注脚。前辈作家中,鲁迅和孙犁先生,可以说是这方面突出的代表,萧殷承袭着这样的传统。

萧殷是老延安,资格很老,却在 1960 年调回广东。这一举动,和当年艾芜相似,艾芜也是在这相近的年月里要求调回四川老家。这里自然有故土难离的乡情,也有远离那时京城文坛是非动荡之地的心曲。仅从这一点来看,我就对他充满敬意,因为并不是所有人都能做到这样明不规暗、直不辅曲,向往长闲有酒,一溪风月共清明的境界。

萧殷故居,四周如今热闹如市,当年却是在古镇城外。萧殷在自己的著作中称之为竹园里,那时周围一片竹林似海,清风如梦。现在显得有些杂乱,后盖起的房屋参差不齐,高矮不一,密匝匝地包围着萧殷故居。它是一座三层的小楼,外表很像开平或东莞的雕楼,只是腰围小了几号。窄小的窗孔如同梅花炮口,说明当年这里还是偏僻的,要警惕土匪的袭击。沿着颤巍巍的木板楼梯爬上去,小楼早已荒芜如弃园。一楼原来厨房的灶台早已凋败,柴草散落在旧日的回忆里;二楼是萧殷的哥哥住;三楼是萧殷住。每层的开间都不太大,但坚固得很。下楼后才发现,门楣上有赖少其题写的“萧殷故居”的牌匾,由于光线幽暗,不仔细看,根本看不清。

楼前的一座新楼里住着萧殷的嫂子,八十多岁了,身体很硬朗。她的两个儿子正好都在家,老大一口龙川当地浓重的乡音,告诉我总会有外地人来这里要看萧殷故居,不知带着人跑了多少次,踩得那木楼梯摇摇欲坠快要塌了,然后问我要不要带我去看看,我说我已经看过了,便和这两位萧殷的侄子聊起来。说起萧殷的往事,如同天宝往事一样遥远了。其实,萧殷是1983年去世的,文坛却如煤层一般,不知不觉之间,已经挖掘断了好几层,一代一代更迭并改写着岁月,模糊并淡忘着记忆。

当晚,我住在龙川县城,第二天早晨离开的时候,才知道这里还有一个萧殷公园,请求一定去看看。在我的印象中,似乎除了青岛有一座鲁迅公园,其他地方还没有以作家名字命名的公园。主人说公园正在扩建,是一片工地。那也要去看看。那是城中心的一块三角地,现在要把围墙拆除,让公园露出来。绿意葱茏的榕树、龙柏和桂花树,还有一丛高大粗壮名叫竹拍的翠竹,簇拥着一座雕像的花岗岩底座。清晰地看见上面有吴有恒撰文、赖少其书写的萧殷生平。赶过来的文化局局长对我说:这是原来公园里萧殷雕像的底座,那座雕像是萧殷的半身石雕,当年请广州一位著名雕塑家雕刻的,现在请不起了,要的价钱太高,只好请我们当地的人雕刻了,是一尊比原来要高大许多的萧殷全身像。然后,在公园的一侧建一排展框长廊,陈列萧殷的著作和生平介绍。

一个偏远的小镇,一个经济落后的小小县城,居然心存温暖和敬意地保留着一位作家的三处遗迹:他的故居,他题写名字的电影院,以他的名字命名的公园。心里充满感动。为萧殷,也为佗城。

2011年7月23日北京

甪直春行

一

1977年的5月，叶圣陶先生有过一次难忘的故乡之行。在这一年5月16日的日记里，他这样写道："宝带桥、黄天荡、金鸡湖、吴淞江，旧时惯经之水程，仿佛记之。蟹簖渔舍，亦依然如昔。驶行不足三小时而抵甪直。"

那是一艘小汽轮，上午八点从苏州出发。

今年的开春4月，我也是上午八点从苏州出发，也是沿旧路而行，不到一个小时就直抵甪直了。我很奇怪，那一次先生是五十五年后重返故地，五十五年了，那里居然"依然如昔"，难以想象。如今，先生所说的"惯经之水程"没有了，"蟹簖渔舍"也没有了，代之而起的是宽敞的高速公路。宝带桥和黄天荡，看不到了，金鸡湖还在,沿湖高楼林立,已成了和新加坡合作开发的新园区。江南水乡,变得越来越国际大都市化,在这个季节里本应该看到的大片大片平铺天际的油菜花,被公路和楼舍切割成了一小块一小块,如同蜡染的娇小的方头巾了。

先生病危在床的时候,还惦记着这里,听说通汽车了,说等病好了自己要再回角直看看呢。不知如果真的回来看看,看到这样大的变化,会有何等感想。

这是我第一次到角直。来苏州很多次了,往来于苏州、上海的次数也不少了,每次在高速路上看到角直的路牌,心里都会悄悄一动,忍不住想起先生。我总是把那里当作先生的家乡的,尽管先生在苏州和北京都有故居,但我总是先入为主地认为那里才是他的故居。先生是吴县人,角直归吴县管辖,更何况年轻的时候,先生和夫人在角直教过书,一直都将角直当作自己的家乡。

照理说,先生长我两辈,位高德尊,离我遥远得很,但有时候却又觉得亲近得很,犹如街坊和蔼可亲的老爷爷。其实,只源于1963年,我读初三的时候写过一篇作文,参加了北京市少年儿童作文比赛而获奖,先生亲自为我的作文进行了逐字逐句的批改和点评。那一年的暑假,又特意请我到他家做客,给予很多的鼓励。我便和先生有了忘年之交。友情一直延续到"文革"之中,一直到先生的暮年。记得那时我在北大荒插队,每次回来,先生总要请我到他家吃一顿饭,还把我当成大人一样,喝一点儿先生爱喝的黄酒。

先生去世之后，我写过一篇文章《那片绿绿的爬山虎》，记录初三那年暑假我第一次到先生家做客的情景。可以说，没有先生亲自批改的那篇作文，没有充满鼓励的那次谈话，也许，我不会成为一个以笔墨为生的人。少年时候的小船，有人为你轻轻一划，日后的路会有意想不到的变化。后来，这篇文章被收入小学语文课本。无疑，强化了这样变化的意义，渲染了少年的心。

能够去甪直看看先生留在那里的踪迹和影子，便成了我一直的心愿。阴差阳错，好饭不怕晚似的，竟然一推再推，直到今日。密如蛛网的泽国水路，变成了通衢大道，甪直变成了门票五十元一张的旅游景点。

二

和周围同里、黎里这样的江南古镇相比，甪直没有什么区别，可以说是大同小异。一条穿镇而过的小河，河上面拱形的石桥，两岸带廊檐的老屋……如果删掉老屋前明晃晃的商家招牌和旗幌，以及不伦不类的假花装饰的秋千，也许，和原来的甪直没有什么两样，甚至和1917年先生第一次到甪直时的样子一样呢。

叶至善先生在他写的先生的传记《父亲长长的一生》中，提到先生最主要的小说《倪焕之》时，曾经写道："小说开头一章，小船在吴淞江上逆风晚航,却极像我父亲头一次到角直的情景。"尽管《倪焕之》不是先生的自传,但那里的人物有太多先生的影子,和角直的影子,小说里面所描写的保圣寺和老银杏树,更是实实在在角直的景物。

1917年,先生二十二岁,年轻得如同小鸟向往新天地,更何况正是包括教育在内一切变革的时代。先生接受了在角直教书的同学宾若和伯祥的邀请,来到了这里的第五高等小学里当老师。人生的结局会有不同的方式,但年轻时候的姿态甚至走路的样子,都是极其相似的。或许,可以说这是属于青春时的一种理想和激情吧。否则,很难理解,在"文革"中,先生的孙女小沫要去北大荒,母亲舍不得,最后出面做通她思想工作的是先生本人。先生说:年轻人就想过一种全新的生活,就让小沫自己去闯一闯,如果我年轻五十几,也会去报名呢。或者,这就是当年先生角直青春版的一种昔日重现吧。

穿过窄窄的如同笔管一样的小巷,进入古色古香的保圣寺,豁然开朗,保圣寺旁边是轩豁的园林,前面是唐代诗人陆龟蒙的墓和他的斗鸭池、清风亭,后面便是当年五高小学的地盘了,女子部的教室小楼,作为阅览室的四面亭,和生生农场,都还健在。特别是先生曾经多次描写过的那三株参天的千年老银杏树,依然枝叶参天。有了这些旧物,就像有了岁月的证人证言一般,逝者便不再如斯,而有了清晰的可触可摸的温度和厚度。

生生,即学生和先生的意思。原来这里是一片瓦砾堆和坟场,杂草丛生,是学生和先生共同把它建成了农场。当年这一行动,曾在甪直古镇引起轩然大波,这在先生的小说《倪焕之》中有过生动的描述。那时候,先生注重教学的改革,注重学生的实践活动。其实,农场很小,远不如鲁迅故居里的百草园,说是农场,不过是一小块田地,现在还种着各种农作物,古镇里的隐士一般,只问耕耘不问收获似的,杂乱而随意地长着。

教室楼和四面亭的门都锁着,透过窗户可以看到,前者里面的课桌课椅,当年先生的妻子胡墨林就在这里当教员,兼着预备班的主任;后者当年是学校的小小博物馆,展览着他们的物品,现在陈列有先生临终的面模,隔着窗玻璃可以看到。四面亭的前面,是后建的一排房,作为叶圣陶先生的纪念馆,陈列的实物不多,是一些图片文字的展板,介绍着先生的一生。空荡荡的,中间立有先生的一尊胸像,脖子上系着一条鲜艳的红领巾。

五高小学应该是当时中国教育改革的先驱学校了。在这个小小的学校里,先生和他一样年轻的朋友一起,不仅建立了农场,还办了商店,盖了戏台,开了小型的博物馆,并亲自为孩子们编写课本,不用文言文,改用新的语体文教授……这一系列的变革,现在看来都很简单,在近一个世纪以前的岁月里,却要付出心血和勇气,和沉重的社会和几乎与世隔膜几乎呆滞的古镇,是要做抗争的。看到它,我想起了春晖中学,那是叶至善先生的岳父夏丏尊先生创办的学校，年头比五高要晚一些。五四时期，中国文人身体力行参与教育的变革实践，可以说是空前绝后了，和我们如今的坐而论道，指手画脚，或事不关己高高挂起的无力感的形象大相径庭。

先生在五高教书九个学期，一共四年半的时间。应该说，时间不算长。但这是青春期间的四年半，青春季节的时间长短概念和日后是不能用同样数学公式来计算的，它在人的一生中的作用常常会被放大或延长。更何况，在这四年半中，先生的父亲故去，五四运动爆发，文学研究会成立，这样几桩大事发生的时候，先生都在角直，却一样心事浩茫连天宇，便让这个青春之地，不仅仅属于偏远的古镇，也染上了异样的时代光影与色彩。五四运动爆发之后的第三天晚上，先生才从上海的报纸上得知消息，他和朋友们在报刊上发表宣言，在学校前的小广场前举行了救国演讲，表示对遥远北京的支持和呼应。文学研究会成立之后，先生在角直写下了小说《这也是一个人》，投寄北京，在《新潮》杂志上发表，获得鲁迅先生的称赞。父亲去世的那一年里，先生蓄须留发，很长都不剪，遵循当地的习俗，表达对父亲的怀念。

事后先生曾经在文章里说过："当了几年教师，只感到这一途的滋味是淡的，有时甚至是苦的；但到了角直以后，乃恍然有悟，原来这里也有甜甜的味道。"在我看来，这其实就是青春的味道。这种味道，独属于青春，更何况这样的青春中，融有了从自己家事

110

到学校的变革一直到时代的风云变幻,味道自然就更加异常。难怪以后无论走到哪里,先生都会说甪直是他的第二故乡,都会在自己的履历表上填写自己是小学教师。

三

先生的墓地在四面亭和生生农场的一侧,墓道前有一座小亭,叫未厌亭,显然是后盖的,取自先生的一本文集的名字。墓前有几级矮矮的台阶,有一围矮矮的大理石栏杆,没有雕像,长长的墓碑如一面背景墙上面,只有赵朴初先生题写的"叶圣陶先生之墓"几个大字。

这里原来是五高的男生部楼,后来变成了校办厂。自1977年5月那一次难忘的故乡之行后,先生再没有能够重返故乡。尽管那一次先生写下了这样的诗句:"斗鸭池看残迹在,眠牛泾忆并肩行。再来再来沸盈耳,无限殷勤送别情。"但是,先生无法再见故乡和乡亲这一番深情厚谊了。

先生弥留之际,口中断断续续吐露出的话,是生生农场、银杏树、保圣寺、斗鸭池、清风亭……他把自己埋在了自己的青春之地。他把自己对故乡的这一番深情厚谊,深深地埋在了这里。

我走到墓前向他鞠躬,看见一旁是甪直的叶圣陶小学送的花圈,鲜花还很鲜艳。清明节刚过不久。另一旁是老银杏树,正吐出新叶，绿绿的，明亮如眼，好像先生就站在旁边。那一年，先生重回到这里的时候，手里攥着一片从树上落下的银杏叶，久久舍不得放下。

2011 年 4 月 20 日于角直归来

君子一生总是诗

　　到美国一个多月，国内文坛的消息闭塞，一直到昨天才听说韩少华去世了。看他走的那天，是 4 月 7 日，恰是我乘飞机离开北京的日子，真的是莫名其妙的巧合，心里不觉暗惊，眼前浮现出少华那温柔敦厚的身影，和他的夫人冯玉英大姐，还有他的女儿韩晓征。那是一家多么好的人。

　　少华年长我十四岁，我却一直叫他少华，总觉得这样叫亲切。他没有架子，是那种纯正古典派的文人，对于我，他亦师、亦兄、亦友，我们是君子之交，清淡如水，却也清澈如水。

　　我和少华于 20 世纪 80 年代相识，但他的名字我早就熟悉。是 1962 年或者是 1963 年，我买了一本由周立波主编的那年的散文特选，里面选有韩少华的散文《序曲》。和如今几乎泛滥的年选本大不一样，那时候编选认真，而且编选者写了认真读后的序言。周立波写下的长篇序言中，特别提到了《序曲》，给予了热情的赞扬和希望。我记住了韩少华这个名字，以后，他所有的散文，我都看过。

那时候，我读初三和高一。在描写校园生活的散文中，我喜欢两个人，一个是李冠军，一个便是韩少华。我买了李冠军的散文集《迟归》，整篇整篇抄下了韩少华的《序曲》《花的随笔》《第一课》，每篇散文的题目，都特意用红笔写成美术字。至今还清晰地记得，《序曲》里那个演出前对镜理装心情紧张的舞蹈少女，和那位为少女描眉的慈爱的老院长；记得序曲响起，大幕拉开，少女以轻盈的舞步迈进了芬芳的月色中的情景，有些如梦如幻。那时候，我迷上了散文，自觉和当时一些散文名家的写作姿态不大一样，他似乎更重视散文的意境，更仔细经营散文的叙事而不常是那时常见的抒情和结尾的升华。他几乎都是用富于诗意的笔触，细腻而温馨地书写生活和情感。心里猜想这样的一个人，是什么样子的呢？

第一次见到他的时候，比我想象中的要高大和英俊。那时候，他已经稍稍发胖。如果在他写《序曲》的风华正茂的年代，应该更是仪态万千。他能唱单弦和大鼓书，我和他一起开过几次会，听过他的发言，我从来没有听过一个作家的发言如他这样，水银泻地，一气呵成，仿佛是对着讲稿一字不错地朗读，不带一个多余的字，充满韵律和感情，还有内在的逻辑。这是他多年教师生涯的锤炼，也是他才华横溢的表征。我曾对他说你的发言不用修

114

改就是一篇稿子。他笑笑摆手。我心想，如果站在舞台上，他就像濮存昕；在讲台上这样漂亮的讲述，只有我们汇文中学的特级数学老师阎述诗（歌曲《五月的鲜花》的作曲者，和少华一样才华横溢），和他为并蒂莲。

忘记了什么时候，我曾经对他讲起我中学这段学习经历。他认真地听我讲完，笑着对我说那都应该感谢袁鹰和周立波当时对我的扶植和鼓励。然后，他告诉我李冠军是他北京二中的同学，后来到天津当中学老师。接着说，在二中教书的时候曾经收到他寄来的《迟归》，可惜英年早逝。讲完，少华和我都替李冠军惋惜。我一直惊讶二中曾经涌现出那样多的作家，其中在 20 世纪 60 年代校园散文创作我最喜欢的两个人，竟然同出一门，便一直猜想这样两位才子是如何惺惺相惜，又是如何彼此砥砺的。

1990 年年底，有出版社愿意出版我的报告文学选集。我 20 世纪 70 年代末写报告文学，到了 80 年代末就洗手不干了，居然还有出版社愿意为我的过去十年的报告文学结集出版，对我自然是鼓励。我想得认真对待，便在一次开会的空隙找到少华说起了这事，他替我高兴，说好啊，你应该有一本完整的报告文学选集了。他就是这样一个敦厚的人，没有文人相轻的旧习气或针鼻儿大的小心眼，真心替朋友高兴，如同待他自己的事情一样，特别是对待晚辈，他有真正长兄的气质和心地。我想请他为我的这本书写序，他一口答应下来，说你先编，我一定认真拜读，好好写这篇序,和你一起总结这十年。谁知道,第二年,少华外出讲课归来的途中,在火车上中风,一病不起。

记得那时候,我的好友赵丽宏正从上海来北京开会,我们两人相约一起去新源里少华家看望他。病来如山倒,看到那么一个风流倜傥的人突然倒下,我的心里非常不好受。从他家出来,冷风扑面,我和丽宏都很难过,彼此久久没有说话。

我听说,这突然一病,需要用的一些药不能报销,少华的经济有些紧张,心情也受些影响,便给当时中华文学基金会的会长张锴写了封信,我知道他们基金会那里有一笔钱,专门帮助作家用的,我希望他能够伸出援手,雪中送炭。没几天,张锴给我回了信,告诉我他已经派人去了少华家,给予了一些帮助。但是,我心里清楚,这只是杯水车薪,是精神大于物质的帮助。我知道,少华为人低调,蜗居一隅,羞于追名逐利,无意争春,只希望能够写东西,写作是他生命存在的方式。我常常想起少华曾经写过的文章,他说新中国成立以后散文的兴旺有两个时期,一个是新中国成立初期,一个是60年代初期。他没有想到,在他病倒后不久,即20世纪90年代后期一直到新世纪初,散文的兴旺远超过前两次。少华病得真不是时候,才五十八岁,正值壮年,正是可以大展才华的时候,在散文领域里,他绝对是独树一帜、不可或缺的一家。而且,我心里一直悄悄在说,散文的稿费,特别是报纸的稿费,也大大高于以前,起码少华的经济可以更好些。

文坛是个名利场，也是个势利场。都说久病床前无孝子，其实，久病床前车马稀，是世态炎凉和人生况味的凹凸镜。不少文人趋于争官争名争利，不少媒体热衷于有新闻价值的新人，而领导们即使偶尔关心作家也只是关心那些年龄老的或头衔带长的，冷落了久病床前的少华，是再正常不过的事情。少华只是一名老师，一官莫名；而年龄处于夹心层；他上下够不着。虽然，后来在《人民日报》《中华读书报》《北京晚报》等报刊上读到少华用左手艰难写出的新作，我替他高兴的同时，知道他的内心一定是寂寞的，是不甘的。我更知道，他心里还装着多少东西没有来得及写而且那么想写呀！

我一直为少华不平，我以为对少华的文学成就一直没有认真的评价和总结。在延续上一个时代（即20世纪60年代）和下一个时代（即新时期之后）的散文创作中，少华所起到的衔接、传承和发展的作用，无人可以企及；特别是在散文创作关于情与思、形与神、诗与文、史与今、浪漫情怀和现实精神等方面，少华都做出了富于前瞻性的努力和探索。

四年前，也是在美国，我在芝加哥大学的图书馆里借到少华写的中篇小说《少管家前传》。以前，我读过他的小说《红点颏儿》，听他说过这篇，一直没有读过，正好补了课。读后，我非常兴奋，觉得这是少华多年心底的积累，将会是一本写老北京生活的大书。既然有了"前传"，必应有"正传"和"后传"才是。在写老北京生活的小说中，我还从来没有看过写得这样讲究的，每个人物，每个情节，每个细节，每个场景，每句语言……严丝合缝，曲径回环，气象万千。都说少华散文写得好，其实他的小说写得同样漂亮呀。当时，我抄了好多笔记，准备回北京和少华好好探讨一番，甚至想即使他再无法动笔写这鸿篇巨制，可以让女儿晓征帮忙，一起完成。可是，回到北京不久，我腰伤住院半年，出院后总觉得时间还有，也是人懒心懒，把事情拖了下来，便也失去了和少华交流的最后机会。

我想起了少华刚刚搬到崇文区四块玉的时候，在四块玉街口和他巧遇，因为那里离天坛东门不远。他的夫人冯大姐推着轮椅正要带他去天坛，我对他说搬到这里好，离天坛近，可以天天来天坛呼吸呼吸新鲜空气。那天是个黄昏，望着冯大姐推着轮椅走进夕阳的影子里，我心里一阵发酸，然后漾起感动和感慨。想想少华一病近二十年，都是冯大姐精心照料，事无巨细，所有的苦楚，都悄悄咽进她自己的肚子里。如果没有冯大姐的陪伴，简直无法想象。少华真的好福气。或者说，好人必有好报吧。

记得少华曾经写过一篇《君子兰》的散文，他实际写的是对君子的礼赞和向往，他把君子怀德、君子喻于义、君子不忧不惧，称为"君子之风"。如今，不要说文坛，整个社会"君子之风"都稀薄得可以了，便让我越发地怀念君子少华。

手头没有别的资料，只有两本台湾版的《读杜心解》，便仿老杜之句,写了一首打油诗,遥寄我对少华迟到的怀念——

病来霜落发如丝,到老少华是我师。

万里悲伤难追日,百年沧桑却逢时。

无痕秋水犹能忘,有伴春山岂可思。

自古文人多寂寞,一生君子总为诗。

2010 年 5 月 28 日于美国新泽西

长啸一声归去矣

　　如今的黎里显得有些寂寞。其实,它和同里同属苏州的吴江,都是千年古镇,但在二十多公里以外的同里太出名了,压住了黎里的声名。不过,话又说回来了,压也是压不住的,因为在黎里有柳亚子故居,同里没有的。

　　就是因为柳亚子故居,赶在大雨前,我来到黎里,首先看到的是一条长长的河,据说有三里长。和同里蜿蜒的河汊相比,黎里的河笔直如线,古镇大小院落都依次错落在这条河的两边。南宋以来,北方人大量南迁,一直到明清两代,造就了黎里的繁荣,河的两岸由集市逐渐发展为门市,河取名为市河,其中"市"字就是集市、生意兴隆的意思。柳亚子故居就坐落在市河的岸边。几经战乱和饥馑,它没有被毁,算是万幸。新中国成立以后,这里成了古镇的银行,无形中保护了它,如果陆续住进人家,人口拥挤,烟熏火燎,就会和北京城里的许多名人故居一样,被糟蹋得无以收拾了。虽然"文化大革命"中，红卫兵闯将进来，损毁了后院精美的门雕，但整个院落基本上保持得相当完好，可谓奇迹。常有人说，与国外的石头结构的建筑比较，我国的建筑是砖木结构，不好保存，而看这座已经有两百余年历史的柳亚子故居，说明不是不好保存，关键在于是否保护。

如今，看门庭轩豁，前有市河，旁有备弄，后有走马堂楼，纵深近百米，很是气派。六进的院落，建造在一个小镇上，真的了不起。这里的人告诉我，这不算稀奇，黎里还有九进的院落呢。可见当初这里的繁华。看故居里柳亚子生平，看到20世纪20年代，柳亚子参与的国民党第二次苏州代表大会，就是在黎里召开的，可以看出当初黎里地位的不同寻常。当初，柳亚子和陈去病创办南社，是到同里喝茶议事的，同里现在还存有南园茶楼。但要正式开大会，还得到黎里。

这里是乾隆年间直隶总督、工部尚书周元理的老宅，一座18世纪的老房子。柳亚子十二岁那年，他家以三千大洋典租了这幢占地两千六百多平方米，共有一百零一间房间，总建筑面积两千八百多平方米的豪宅。所谓典租，是说十一年后周家如果拿不出三千大洋赎宅，这房子就归柳家了。算一算，一平方米一块大洋，现在看来是非常便宜了，不知道那时算不算贵。不过柳家和周家都属于大户，如此老宅的易主，可以看出朝代更迭和世事沧桑中，即古诗里"棋罢不知人换世"的味道吧。如果不是面临着一场即将到来的翻天覆地的大革命,如果不是一腔爱国情怀的风云激荡,少年时代的柳亚子,也许和我们今天的"富二代"没什么两样。

就是住进这里的第二年,小小年纪的柳亚子写出了《上清帝光绪万言书》。这样明目张胆的反清言论,当时是可以满门抄斩的。但这篇万言书可以看出少年心事当拿云,奠定了柳亚子一生的走向。

这座柳亚子故居,让黎里提气,让市河有了它的倒影而流光溢彩。周家当年老匾"赐福堂",虽然木朽纹裂,斑驳脱落,依然还在,端坐在地上,让逝去的历史有了看得见摸得着的物证。如今大门内外厅的门楣之上,分别悬挂的是屈武先生题写的"柳亚子故居"和廖承志先生题写的"柳亚子先生故居"的匾额。当年,廖先生因叛徒出卖在上海被捕入狱,是柳亚子奔走营救才得以出狱,两人之间情分非同寻常。

大厅两侧,分别有柳亚子和毛泽东"沁园春"的唱和词,那曾经是柳亚子引以为骄傲的事情,也是如我这样一般人得以知道柳亚子的源头;也有周家当年请书画家董其昌临摹颜真卿的《赠裴将军》的中堂。可谓新旧杂陈,将年代打乱,错综一起,乱花迷眼,让人在历史中逡巡,引为遐想的空间。

其中最惹我眼目的是厅堂中的一副隶书对联:"古来画师非俗士,此间风物属诗人。"这是当年此地号称诗书画三绝的陈众孚老先生送给少年柳亚子的,一老一少的往来,可见当初柳亚子的不凡,才会赢得老先生这样的赞赏。据说当年就悬挂在这里,如今依然毫发未损,还悬挂在那里。好的文字比人活得年头长。

展览室还有两方治印,非常值得一看。一方是"兄事斯大林弟畜毛泽东";一方是"大儿斯大林小儿毛泽东"。这两方印,都是1945年柳亚子请重庆的治印家曹立庵刻印的。谁想到"文化大革命"中,这两方印章给柳亚子带来灾难,竟敢和毛主席称兄道弟,还大儿小儿地称呼,不是触犯了天条?便哪管柳亚子是在用典。柳亚子生怕误会而引起事后的节外生枝和无知者吹火生烟生出的麻烦,特意在印的一侧刻有文字注明典故的出处,但还是在劫难逃,最终把印章毁掉不说,还鞭尸一般,把早已经去世的柳亚子诬蔑为老反革命分子,而使得全家蒙难。如今看到的这方印章外带另一方,是1987年柳亚子百年诞辰之际柳亚子故居开馆时,曹立庵先生重新镂刻的。既是纪念故人,也是重温历史。庞大的历史并非仅仅宜粗不宜细,有时候,细节之处,更能让历史还原得须眉毕现。

展览中,还看到柳亚子名字的来历,以前没有听说过。父亲给他起的名叫慰高,字安如。他在上海读书的时候,信奉卢梭的天赋人权论,便把自己的名字改为柳人权,字亚卢,意思是亚洲的卢梭。看到这儿,我禁不住莞尔,想起我们在"文化大革命"中的改名,不也是叫什么卫东、向阳之类的吗?柳亚子那时也是一个热血青年,而青年澎湃的血液几乎轨迹是相同的。当时,同为南社的高天梅,常和柳亚子有唱诗往来,便对他说,你这个亚卢的卢字(繁体盧)笔画多难写;再说,亚和卢都是大的意思,合在一起也不伦不类,不如叫亚子吧。子者,男子之美称也! 柳亚子便这样叫开了,要说实在是比柳慰高和柳人权、柳亚卢要好听! 一个人的成功和成名,名字真的隐含着某种命运的密码呢。

当然,最值得看的是后院,庭院深深,幽静异常,楼下柳亚子的书房"磨剑室"不让游人走进,只能凭栏观看。"磨剑",自是用"十年磨一剑,霜刃未曾试"的唐诗之意,和他取名"人权""亚卢"直相呼应,书生意气,挥斥方遒,小小书斋,已经容不下他的心事浩渺了。当年这里藏有黎里最多的藏书,新中国成立后,他将这些书全部捐献给了上海图书馆。据说,那时,书籍有四万四千多册,打了三百余包,运往上海的阵势是浩浩荡荡的。

引我兴趣的不仅是书桌上的孙中山的半身胸像,还有挂在墙上的一副对联:青兕后身辛弃疾,红牙今世柳屯田。是当年南社社员傅钝根指书赠予柳亚子的,以宋代两位不同风格的词人辛弃疾和柳永比拟他,可谓知音。据说,柳亚子很是喜欢,一直把这副对联挂在书房里。我想,那肯定不是自负地为了比附,而是心中的一种追求和向往。

走马堂楼上地板凹凸不平,本来阴雨前光线就晦暗,透过镂空的雕花窗棂,就更加阴晦不定。走在上面,让人真有种时光倒流的感觉,一步跌入前朝。二楼是柳亚子一家的起居室,现在看看,每间都不宽敞,和现在一些发了财做了官的文人的住所相比,可以说很是窄小。他的三个孩子柳无忌、柳无非、柳无垢都是出生在这里的。1927年蒋介石"四一二"大屠杀,把柳亚子列入黑名单,半夜派兵来抓人,柳亚子就是藏在卧室边的复壁里才逃过一劫。躲在狭窄的复壁里,他老先生还写诗呢:曾无富贵娱杨恽,偏有文章杀祢衡。长啸一声归去矣,世间竖子竟成名。我以前读柳亚子的诗,觉得他特别爱用典,几乎每首诗都有典故,有的不大好懂。生命攸关时刻,老先生还在用祢衡和杨恽这两个摇笔杆子的典故呢,要说真真单纯得可爱可敬。这样的劲头儿,大概只属于那一辈文人,如今的文人,只有汗颜的份儿了。

这一夜趁着天不亮的时候,他换上一身渔民的衣服,雇了一艘破渔船,偷偷地离开了家。小船摇了三天三夜,才摇到上海。这一年,他整整四十岁,在这里,他生活了二十九年。

走出柳亚子故居,云彩压得很低,雨就要来了。市河的水有些晦暗,老桥在风中似乎隐隐在动。想想,八十二年前,柳亚子就是从这条河离开家的。他再也没有回到过这里。禁不住想起他的那句有名的诗,"安得南征驰捷报,分湖便是子陵滩",有些百感交集。分湖便在这里不远,指的就是这里,他的家乡。也许,只有站在他的故居前,吟诵这句诗,才会别有一番滋味上心头吧?

2009年岁末于北京

125

残年犹读细字书

　　我是今天才从报纸上看到洁泯先生逝世的消息。就在上个月，我碰到一位朋友，他对我说洁泯先生身体不好，准备过几天去看望他。我说洁泯先生是好人，经历文坛的事多，学问又好。谁想到，这才几日，洁泯先生竟然和我们天地两隔。他是 11 月 13 日去世的，那时，我正参加文代会，许多文人正聚在一起热闹着，他寂寞地逝去了。

　　今年，洁泯先生八十五岁。他是前辈，按说是轮不到我写祭文的，因为我毕竟并不十分了解他，与他交往也不多。我只是怀着景仰的心情，一直远远地观望着。他如一座云雾中的山，沧桑而苍茫地从历史中走来，让我总涌出这样的一种感觉：始知五岳外，别有他山尊。

　　大约在 1987 年，那时候，我写了一部长篇小说《早恋》，因为涉及中学生的恋爱，引起一些人的不满和批评，甚至书稿发到印刷厂而被撤版,险些没能够出版。那时候,人们的心理就是这样保守,时代的发展总有个春秋代序。那时候,我没有想到,第一位给予我支持的是洁泯先生,他首先在《文汇报》上发表文章,对《早恋》进行评论和表扬,打破了那时的僵局,不仅给予我,同时给予出版社以强有力的鼓励。

那时候,我还没有见过他的面,但在心里很是感念。几年以后,他又写过文章,再次提及《早恋》,他说:"肖复兴的创作,从《早恋》到最近的《戏剧人生》,都是写学生的,对中学生和大学生的生活流向,他们的心态变化,他几乎了如指掌。在青年读者中,他的作品是极受欢迎的。我虽然年纪已老,也一样喜欢他的书,他小说中的文义,可以唤起老年人对青春的向往与赞美。捷克作家昆德拉认为青春'是超越任何具体年龄的一种价值。这个思想用恰当的诗表现出来,成功地达到了一个双重目的:他既恭维了年轻人,又神奇地抹掉了年长者的皱纹,使他成了一个与青年男女同等的人'。我十分激赏这段话,因而我认为,肖复兴虽致力于写青少年,但他的小说又为年长者所同享。"我始终不敢忘怀这些话,我知道,这是一位长者对晚辈的鼓励、教诲和希望。我常常拿他的话鼓励自己,让自己写得更有进步一些,不辜负他的期待。

1993 年的夏天,洁泯先生给我打来一个电话,他要为出版社编一套"当代世相"的丛书,他看到我在报端上发表的一些文章,觉得合适,希望我能够加盟编一本。我非常高兴和感动,高兴我

127

的文字还能够走进他的视野，感动他还在关注我的写作。他约我见面详谈，我说去您家拜访吧，他说他家太远，就到我的办公室吧，我虽然退休了，但社科院还给我留了一间办公室。

那天，我去社科院找到他的办公室（小得出乎我的意料，摆满的书籍让屋子更加逼仄），他早早在那里等着我了，他就是这样一个和蔼长者，总是那样的平易近人。说实在的，虽然我已经出过一些书，但为他编一本，心里有些惴惴，毕竟他是有名的评论家，见多识广，怕难入法眼。他却一如既往地鼓励我说，他看到我最近写的一些文章，是在现实生活中观察和思索之后而写的社会百态，正符合他编的这套书的要求。正是在他的鼓励下，这本《都市走笔》的书得以出版，他还特意为我的这本书写了序言。这是我专门请求他写下的，我从不为自己的书请人写序，除梅朵为我的报告文学集《生当做人杰》写过序，这是唯一的一次，因为我敬重他，并始终感念于他。

我很少能够见到他，我相信君子之交淡如水的古训，文坛毕竟不是闹哄哄的大卖场。每年的春节前夕，我只是寄一张贺卡给他，表示我的敬意与祝福。我知道他的身体越来越不好，但每一次他收到贺卡总要回寄一张贺卡给我。前两年的春节前，他寄来一张红色贺卡，看在贺卡上密密麻麻写的前后两页，知道他的身体不好，心情也不好。他说："我这几年身体走下坡路，肠癌开刀，留下了大便难以控制的后遗症。我的青光眼已转入恶化，成了视

128

神经萎缩,视力只有 0.1,读书写字俱废,报纸也少看,写东西极少。"但如此视力的情况下,他还说:"我时常读到莫名的文章,关于音乐方面的,读了尤其钦佩。"还是一如既往地给予我鼓励。想想一位年过八旬的老人,身体那样差,视力那样差,还能够读能够写,心里真的很感动,忍不住想起放翁的诗句:"岂知鹤发残年叟,犹读蝇头细字书。"

对于文坛,他似乎不像有些人那样昂扬,而是颇为悲观:"现在文艺界似乎很萧索,出的东西不少,有影响的似乎不多,这十多年,也不见有什么大手笔问世。"去年春节前夕,看他在贺卡上写的,似乎心情略好些,他这样写道:"收到贺卡,至为感谢。多年来我目疾恶化,生活进入半自理状态,但心情尚好。祝您写作丰收,工作有新成就。还有身体健康最要紧。"想到一个身体状态那样差的八旬老人,还要亲自走到邮局去寄信,我的心里充满无法言说的感动。但是,那时候,我没有仔细注意他一再嘱咐我要注意身体,无法体会到其实那时候他的身体已经每况愈下,一个垂垂老人对于生命和生活还有文学的渴望和无奈。

我只是把我这样一个普通的作者和晚辈感受到的洁泯先生的点滴写出来,表达我的一份怀念的心情。我相信如我一样曾经受到过他的关怀和鼓励的人会有很多,我所写下的不过只是其中的一滴水。

又快到年底了,我只是不知道今年的春节前夕,一张贺卡该寄往哪里。而且,我也再无法收到先生的贺卡了。

2006 年 11 月 23 日于北京

白马湖之春

出浙江上虞十里，山清水秀的白马湖扑面而来，风也似乎清爽湿润多了。正是早春二月，想起朱自清先生在《白马湖》一文中曾经说过的："白马湖的春日自然最好。山是要青得要滴下来，水是满满的、软软的。小马路的两边，一株间一株地种着小桃与杨柳。小桃上各缀着几朵重瓣的红花，像夜空的疏星……"心里不住地想，此次来白马湖的时间真是选对了。

白马湖，想念它多年了。

如同任何一场大革命退潮之后一样，拔剑四顾的茫然，都会让为之献身的人们无所适从。轰轰烈烈的五四运动落潮了，迎来的失望和落败的景象，让一群有理想有追求的文人，心中充满迷惘，他们不想在城市里醉生梦死浑浑噩噩，跑到了无论离杭州还是离宁波都偏远的上虞，寻找到白马湖这样一块世外桃源，要做点他们想做又能够做的事情，给曾经在革命大潮中急剧澎湃的心找一块绿洲。想起他们,总会不由自主地想起柔石在小说《二月》里写到的萧涧秋,那样的"五四"热血青年,现在的人们早就嘲笑为"愤青"了。

真是想象不出来,1922年的春天是什么样子了。为什么经亨颐先生在白马湖畔一招呼,那么多的文人,现在听起来名声那样显赫的文人,一下子就抛弃了都市的奢靡与繁华,都来到了荒郊野外的这里办起了这所春晖中学?当时号称"白马湖四友",除了夏丏尊年长一点,当时是三十六岁了,朱光潜只有二十五岁,而朱自清和丰子恺才只有二十四岁。现在,真的是难以想象了。那毕竟不是短暂的观光旅游。

走出校园的后门,过了树荫蒙蒙的小石桥,终于走到了经亨颐先生和夏丏尊等诸位前辈曾经走过的白马湖畔了。二月春光乍泻,阳光格外灿烂,真的如朱自清先生所说的那样,"山是要青得要滴下来,水是满满的、软软的"。一种说不出的感觉,从遥远的历史中涌出,蔓延在白马湖中,荡漾起波光潋滟的涟漪,晃着我的眼睛。

经亨颐的"长松山房"、何香凝的"蓼花居"、弘一法师的"晚晴山房"、丰子恺的"小杨柳屋"、夏丏尊的"平屋"……次第呈现在眼前。虽然"晚晴山房"是后来新翻建的,"蓼花居"已成废墟,但毕竟还有夏丏尊、朱自清、丰子恺的房子保持着原来的风貌。房子都是依山临湖而建,按照眼下的时尚,都是山间别墅,亲水家居,格外时髦的。但现在的房子所取的名字,能够有他们这样的雅致吗?"富贵豪庭""罗马花园"……那些俗气又土气得掉渣的名字,怎么能够和"小杨柳屋""平屋"相比呢!

名字不过只是符号,符号里却隐含着一代人心里不同的追求。小院里原来是种着菜蔬的,要为日常的生活服务,现在栽满花草,还有郁郁青青的橙树,越冬的橙子还挂在枝头,颜色鲜艳得如同小灯笼。屋子都很低矮,完全日式风格,因为无论经亨颐还是夏丏尊,都是留日归来,当年他们是春晖中学的创办者和主要响应者。走进这些小屋,地板已经没有了,砖石铺地,泥土的气息,将春日弥漫的温馨漫漶着。简朴的家具,能够想象出当年生活的样子。书房都是在后面的小屋里,窗外就是青山,一窗新绿鸟相呼,清风和以读书声,最美好的记忆全在那里了。

在世风日下、万象幻灭之际,世外桃源只不过是心里潜在理想的一种转换,散发弄扁舟,从来都是猛志固常在的另一种形象。上一代文人的清高与清纯,首先表现在对理想实实在在的实践上,而不是在身陷软椅里故作的姿态之中。在谈论白马湖和春晖中学的时候,现在的人们都愿意谈论他们的文化成就,夏丏尊确实在他的"平屋"里翻译了亚米契斯的《爱的教育》,朱光潜的美学处女作《无言之美》,丰子恺的漫画处女作《人散后,一钩新月天如水》,也完成在白马湖畔。在回顾历史时,白马湖确实成了一种象征。其实,相比较其文化成就,上一代文人在历史转折的时候走向乡间的民粹主义和平民精神,是让现在的人更加叹为观止的。道理很简单,现在谁愿意舍弃大都市而跑到这样的乡村里来呢?跑到藏北的马骅,只是一个另类。而当初却是一批真正的文化精英,他们愿意从最基础做起,而不是舌灿如莲,夸夸其谈于走马灯似的各种会议和酒宴之中。

他们确实是在实实在在做事,夏丏尊建造"平屋"时的一个"平"字,就是寓有平民、平凡、平淡之意。仅朱自清一人每天上午下午就各有两个小时的课要上。而丰子恺一人是又要教美术又要教音乐在拳打脚踢。现在,在我们的教室里,却难得见到我们的教授一面了,我们的教授正在忙着让自己的学生帮助自己攒稿出书卖文赚钱了。

走进夏丏尊的"平屋",这种感觉更深。这是他用卖掉祖宅的钱在这里盖起的房子,他要把根扎在这里,他的妻子一直住在这里,一直到20世纪80年代在这"平屋"里去世。在他的那间窄小的书房里,暗暗的屋子,低矮得有些压抑,只有窗户里透过山的绿色和风的呼吸,平衡了眼前的一切。想象着当年的冬夜里,松涛如吼,霜月当窗,夏先生在这里拨拉着炉灰,让屋子稍微暖和一些,自己把头上的罗宋帽拉得低低的,在一灯如豆的洋灯下艰苦工作到夜深的样子,直觉得恍如隔世。

夏先生的一个孙侄正在院子里,他已经六十多岁,在看守夏先生的"平屋"。院子里夏先生亲植的那株紫薇还在,那时,夏先生常常邀请朱自清到这株紫薇下喝酒,把酒临风,对花吟诗,他们最大的享受就是这些了,而他们最美好的寄托也就存放在这里了。

"它长得很慢。夏先生在的时候,就是这样子。"夏先生的孙侄指着紫薇对我说。

走出"平屋"小院,就是朱自清先生说的小马路,小马路前面就是白马湖。如今,小马路的两边,还是一株间一株地种着树,还是小桃与杨柳。杨柳在暖风中不住地摇曳,白马湖水在阳光下不住地闪耀。想起朱自清先生写白马湖的诗句:"湖在山的趾边,山在湖的唇边。"也想起当年看到湖边系着一只空无一人的小船时他说过的话:"我听见了自己的呼吸,想起了'野渡无人舟自横'的诗,真觉物我双忘了。"也许,可以这样说,前者是他们这一代人心中常常涌起的诗意,后者是他们追求的境界吧?只可惜,这两样,如今的我们都缺少了,而且不以为渐渐失去的弥足珍贵。

朱自清先生在回顾白马湖的时候,还曾经说过这样的一句话:"我喜欢这里没有层叠的历史所造成的单纯。"这话让人沉思。倒不仅仅是单纯已经离我们越来越远,而是层叠的历史和心头层叠的灰尘污垢越来越厚重,让我们无法清扫干净。白马湖,便在他们的生命中,而只能在我们的想象里。

2005 年 3 月 1 日于北京

春天温暖的水

　　还有两天就是惊蛰了，民间说法，病床上的老人如果熬过惊蛰，就能够复苏。叶至善先生去世了。叶先生的女儿小沫打电话告诉我这个消息的时候，我安慰她说，老人八十八岁了，是喜丧。叶先生的父亲叶圣陶先生活到九十四岁，他们都是长寿之人。

　　话虽这么说，放下电话，心里还是充满悲伤。毕竟我和叶家三代交往四十三年，而且，一直得到他们的关怀和帮助。1963 年的暑假，我还只是一个初三的学生，第一次走进东四八条那座西府海棠掩隐的小院，因一篇作文获奖而得到叶圣陶先生的亲自批改，去见叶圣陶先生。那天下午，是叶至善先生站在门口，和蔼地掀开竹门帘，带我走进叶圣陶先生的客厅。想想，那时，他四十五岁，高高的个子，显得很年轻。日子真的是如水一样，逝者如斯，留下的只有记忆。

　　"文化大革命"中，我和小沫都去了北大荒。那年的冬天，因

136

为得罪了生产队的头头，我被发配到猪号喂猪，成天和一群猪八戒厮混，无所事事，一口气写了十篇散文，寄给了叶至善先生。怎么那么巧，那时，他刚刚从河南干校回家，一时没有什么事，认真地帮我修改了每一篇单薄的习作。我们便有了整整一个冬天的信件往来，他对每篇都提出了具体的意见，有的还帮我一遍遍修改，怕我看不清楚，又特意抄写一份寄我。他在一封信里这样对我说："你的朋友之中，有没有愿意和你一样下功夫的，如果他们愿意，可以寄些文章给我看看。我一向把跟年轻作者打交道作为一种乐趣。"盼望着叶先生的来信，是那个寒冷的冬天最美好的事情了。

前年，我在《新民晚报》上发表了记述这段往事的文章《那个多雪的冬天》。叶先生看到了，夸奖我说写得不错，邀请我到他家做客。我这人一直以为敬重别人，就悄悄地记在自己的心里，喜欢读别人的作品，就自己买一本他的书回家认真读，因此总怕打搅人家而懒于走动。对于叶先生，更是如此。我知道，那时他正在加紧写作回忆父亲叶圣陶的长篇回忆录，而且，身体也不大好，更不好意思叨扰。

是秋天的一个下午，我去得早了些，打扰了他的午睡，看着他从他父亲曾经睡过的床上下来，走出卧室的时候，我惊讶了一下，他满脸银须飘飘，真的是一个老人了，便才惭愧地想到已经好多年没有来看望他老人家了。

那天，我们是伏在他家的旧餐桌上交谈着。我说：就在这张桌子上，我和您全家一起吃了顿饭呢，是我插队回家探亲的时候，那时，叶圣陶先生爱喝一点酒，还特意给我倒了一杯。他说对任何人都是这样的。我又说起那年冬天他为我的习作改了一遍又抄了一遍的事情，他还是那样平静地说：好多文章，都这样的，这样做有好处，抄一遍的时候又可以改一遍。

那天，他精神很好，聊了许多。他说他和父亲不一样，父亲一辈子写日记，他不写；父亲的写字台干净，他的桌子上总是一堆书和稿子。也说起他家的老朋友俞平伯先生。我问他：听说俞平伯先生爱吃，曾经吃遍了北京城所有的馆子。他告诉我：那倒也不是每个馆子都去，他来我家吃饭，喜欢的菜，他把盘子拿到自己的面前。他说俞平伯对他说：都说《红楼梦》这梦那梦，我是红楼怕梦。

对于我和小沫插队，他去干校，我们有了分歧，他说他不反对，他认为很好，多了和劳动人民接触的机会。他告诉我在干校里放牛，负责二十多头，每天夜里要拉牛出来撒尿，借着星光，他认识了许多树木花草和虫子，他说，我对这个感兴趣。

说起了"文革"时他家西厢房被军代表占着，我问：在您父亲的回忆录中写这段了吗？他说没写。我说：为什么不写呢？应该写，起码是"文革"社会的一个侧面。他摇摇头：都写还有完？这也不典型。

他知道我写了本《音乐笔记》,他说他喜欢古典音乐,临告别的时候,他送了我一本《古诗词新唱》,这是一本非常有意思的书,他用了外国的曲调为中国一百五十首古诗词配乐,那些外国的曲子有勃拉姆斯、舒伯特、德沃夏克、圣桑等名家之作,也有世代久传的民歌俚曲,可谓熔中外于一炉的新颖尝试。这本书1998年出版,我问他这么好的尝试,怎么没有歌唱家唱书里的歌呢?他笑笑:得要出场费呢。

那天,叶先生的情绪特别地好,思维也特别地活跃,记忆力很强,哪里像一个八十六岁的老人?而他的平和恬淡,对晚辈的鼓励与亲切,都和叶圣陶先生一样,让我如沐春风。聊了一个多小时,怕他累,我提出告辞,他一再挽留,意犹未尽。他的回忆录《父亲长长的一生》刚刚完成三校。他对我说:每天五百字,最多一天一千字的速度,整整写了二十个月,一共写了三十多万字。我看得出来,他很高兴,他说他的妻子让他等书出来多买点书送朋友,哪怕自己花钱。我知道,他的妻子已经双目失明,是小沫下岗的弟弟在照顾她,而小沫的哥哥前些年去世,所有这一切困难,叶先生从没有向领导提出来过。那天,小沫哥哥那一对可爱的双胞胎,正在院子里玩,把刚刚从树上掉下来的枣泡在水碗里。

小沫送我到大门口,悄悄地对我说:老爷子最后才开口向公家要房,也许有人提出以后要把这院子改为叶圣陶故居,老爷子说他自己不会提,也不让我们提。我知道,这是叶家的家风,叶圣陶先生在世的时候,有人曾提出将叶圣陶先生在苏州住过的老屋辟为故居,叶圣陶先生曾经专门立下过字据,并委托苏州的作家陆文夫:"做什么用场都可以,就是不要空关着,布置成故居。"这和现在有活人就搞故居展室或吃父辈名声之类,有霄壤之别,前辈清洁的精神与清白的心怀,总会让我面对每一位故去长辈的时候,涌起一种"夏日里最后一朵玫瑰"的感慨。

去年的春天,小沫打来电话,告诉我她父亲不行了,正在进行抢救。我赶往北京医院,只见老人躺在病床上,喉咙已被切开,人事不省,只有腿偶尔动一下。小沫告诉我,前几天就昏迷了,昏迷的时候还在断断续续地说:我喝水……喝春天的水……喝春天温暖的水。

其实,老人大年三十就住院了,住院八天之后,他的最后一部书《父亲长长的一生》的样书到了。躺在病床上,拿着新书在看,一页看了一个多小时,孩子们劝他:别看了,太累了。他说:看来还得再看看,改改。

过去了一年,又到了春天,叶先生离开了我们。

2006年3月9日于北京

萧红故居归来

到一个陌生的地方去,与其说是看那一个地方的风景,让从未见过的它们闯进你的视野和心里,给你客观的感受;不如说是一种更为主观的心理和思绪乃至精神的东西,作用于你的心里和所看到的风景里。因为来之前你就已经在自己的心里想象着或勾勒着它们的样子了,如果和你想象的差不多或比你想象的要差,肯定索然无味;如果超乎你的想象,让你的想象在扑入你的眼帘的风光中碰得碎落纷飞,那才会勾起你的游兴。

从在北大荒插队开始,往来哈尔滨那么多回,竟然没有一次去成萧红故居。其实,它离哈尔滨仅仅三十公里。今年夏天,终于好梦成真,了却了多年的心愿。但是,说心里话,真的去到了萧红故居,让我多少有些失落,它和我想象中的萧红故居不大一样,和萧红笔下的故居也不大一样。

它的前院过于轩豁,也过于整齐,汉白玉的萧红塑像,过于俏丽,少了些身世浮沉雨打萍的凄清和沧桑。特别是后院,那是萧红在《呼兰河传》中倾注了感情描述过的后院,修剪得像是如今司空见惯的小花园。那棵在院子西北角的榆树没有了,那棵不开花不结果的樱桃树也没有了,多了一棵沙果树,正结满累累的红白透亮的小果子,硕大的西番莲,也是《呼兰河传》里没有见过的。在《呼兰河传》里被萧红那样富有灵性地描写过的"愿意长多高就长多高,愿意长到天上去,也没有人管"的玉米,也没有了。而"愿意爬上架就爬上架,愿意爬上房就爬上房"的倭瓜,被移植到了前院,像是安排好座位并像我们现在开会摆好座签一样,整齐地种在地垄里面。结出的金黄的倭瓜,都哈着腰沉沉地坠在架子下面,却再也不可能"愿意爬上架就爬上架,愿意爬上房就爬上房",因为前面根本不靠房子了。

　　冯歪嘴子的磨房,被修得格外簇新。我们在修建文物时,似乎缺乏修旧如旧的本事。想想冯歪嘴子那大个子的媳妇带着新生的孩子盖着面袋子睡在这里的凄凉情景,眼下的磨房像是电影棚里搭的一个景。被萧红曾经那样充满孩子气描写过的黄瓜秧爬满磨房的门窗,看不见外面的冯歪嘴子还在磨房里面自说自话的一幕幕情景,只存活在萧红的文字和逝去的岁月里,无法再现今日,因为今日再没有黄瓜秧爬上磨房的门窗。这时,你只能够感叹文字和岁月的永恒能力,是超越一切现代化的手段的。现代化的手段,可以把房子修建得格外整齐,却只是形似而神不似。

堆放在后院后门的落叶，也堆放得那样整齐，像是放学排队回家笔管条直的小学生，没有了后院的蒿草、蓼花和乌鸦的忧郁、凄清和念想。可惜东园树，无人也作花，那种自由自在，那种随心所欲，那种生命中真正童年的后院，便只能够在萧红的文字中去追寻了。

"那园里的蝴蝶、蚂蚱、蜻蜓，也许年年仍旧，也许现在完全荒凉了。小黄瓜、大倭瓜，也许年年地种着，也许现在根本没有了。那早晨的露珠是不是还落在花盆架上，那午间的太阳是不是还照着那大向日葵，那黄昏时候的红霞是不是还会一会儿工夫变出一匹马来，一会儿工夫变出一匹狗来，那么变着。这一些我不能想象了。"

所有的一切都被萧红所言中。萧红家的后院已经不再是原来的样子了。想一想，五十四年前，萧红写《呼兰河传》时的情景，落叶他乡，寒灯孤夜，亡国去如鸿，故园在梦中，那一腔刻骨铭心的怀乡情感，如今多少人还能够记得，又还能够感同身受地理解？面对如今的美女写作、身体写作的迷花醉月，诸多风起云涌的花样变化，同样作为女性作家的萧红，不知该做何等感想。故园的变化，便更是理所当然而不能苛求的事情了。况且，毕竟还是修建了这座故居，让怀念萧红的人有个迎风怀想的流连之处。

也许，更让萧红无法理解，也是难以想象的，是在我们就要离开她的故居时，来了一些警察，故居的很多工作人员纷纷出来，漂亮的女讲解员也跟着出来，忙成一团。原来是从北京来的一位哪个部的首长要来参观，警察在故居的门前门后忙乎着清理，连门口道路上停放的车辆都要让它们开到别处去,让出路来,花径缘客扫,篷门为君开,一看就知道是习以为常的事情了,人们在熟练地做着这一切。如同萧红研究如今成了显学一样,萧红故居也成了附庸风雅之地。萧红说:"这一些我不能想象了。"不知道,她所说的"这一些"包括不包括眼下的这一些,只是,真的是不能想象了。

走出萧红故居很远了,本想看看到底是哪一位显要人物要来,还非要清场似的不可,等了一会儿,也没有见人影来,倒是先来了一溜儿小汽车占满了并不宽的道路。萧红故居的墙外面摆了一地的西瓜,卖瓜的商贩,也是看准了这个地方,可以借助乡亲萧红卖点儿零花钱。

回到哈尔滨,见到黑龙江省作协原副主席韩梦杰,是多年的老朋友。阔别多年,相见甚欢。交谈中,他告诉我《北方文学》眼下办刊艰难,已经有八个月发不出工资了。因为刚刚从萧红故居回来,心情本来就有些郁闷,便更加郁闷。如今的萧红已经成了一个符号,装点着门面,为旅游者的一个景点,为附庸风雅者的一个象征。拿死人挣钱,却让活人没钱,这样说,也许是情绪话,但萧红故居和《北方文学》,同样作为黑龙江的文化品牌,冷热不均、旱涝失衡,却是应该正视的现实。心里暗想,萧红要是还活着,不知该如何面对。

2004 年 8 月于哈尔滨归来

初春的思念

今天中午,电话铃声响了。是胡昭先生的女儿婷婷从长春打来的,告诉我她父亲昨天中午在医院里因心脏病突然逝去。我一时没有反应过来,因为就在前不久,我还和胡昭先生刚刚通过信,没有一点征兆。那是他刚刚学会使用电脑,通过电脑发给我的第一封信,竟也是最后一封信。我一下子哽咽,无声却泪如雨下,本应该是我劝慰婷婷的,却让她劝起我来。

放下电话,我依然不能自已。自从母亲去世,我再没有这样伤心地哭过。胡昭先生的逝去,让我是这样的猝不及防。作为长辈,他给予我的关怀,总让我想起自己的亲人,有时会想就是亲人又怎样呢? 现在想起这样的感觉,还让我感到一种难得的温暖,一切都好像是还在眼前发生着。

细细一想,我和胡昭先生交往并不深,只是属于那种君子之交,淡如水,却也清澈如水。而胡昭先生给我留下的总体印象,就是"清澈"——这也是他在 1973 年写的一首诗的名字。虽然,作为新中国的第一代诗人,胡昭二十二岁就出版了他的第一本诗集《光荣的星云》,他度过了整整二十年右派的不公正生涯,又有妻子死在"文化大革命"中的悲惨遭遇,但是,他的文品与人品、心地和胸襟,总还保持着难得的那种清澈,用老诗人吕剑先生的话,是"单纯而明净""把心境和盘托出",那是对他诗的评论,也是对他人的概括。

十年前,我们开始通信,通信的原因很简单,按照胡昭先生的话是以文会友,其实是他偶然间读到我写的东西,给予我长辈的鼓励。没错,他是我的长辈,1947 年他参军的时候,我才出生。我只是在上中学的时候曾经在《人民文学》杂志上读过他写的诗,我以为他是一个很老的诗人,从来没有想到过有一天能够和他相逢。世上的事情有时候就是这样的奇特,文学就像是海,纵使他站在海的那一边,你站在这一边,相隔遥远,但海水是相通的,只要你站在水里面,水就从他那边淌来,从你的心头湿润地流过了。

我们通了整整十年的信,而且,我相信如果不是胡昭先生的突然逝世,我们的信还会通下去。在这十年中间,我们只见过两次面,一次是他来北京参加文讲所即现在的鲁迅文学院成立四十五周年的活动,他是文讲所的第一期学员,他老伴陪着他,我去看望他们,一起吃了顿饭;一次是我们一起去石家庄参加一次签名售书活动。除了这样两次见面的机会,我们只是通信,是那种真正的笔墨方式，文人之间最常见的也是最古老的方式，而不是现在的电脑邮箱里的电子信件或手机短信。我们在文学上所有的了解和理解，在心灵上所有的碰撞和沟通，对文坛况味和世事沧桑所有的感喟和诉说，都是通过这样的信笺传递。

当然，信笺传递的更多是胡昭先生对我的关心。1995年，我要调到中国作协工作的时候，他就来信以他自己在作协工作多年的亲身体会提醒我告诫我。2002年，我的儿子出国读研，他又写信关照提醒孩子。就在今年的春节之前，他只是从电视里看见我一晃而过的镜头，觉得我好像有心事，让他的儿子冬林到北京领奖的时候打电话特意关心我，没过两天，又特别写来一封叮嘱的信。他写信从来都是用毛笔写，看那墨汁淋漓的信，我觉得他的身体还不错。在信的末尾，他还让我把网址告诉他，他要通过网上和我通信，会更快更方便。我写信告诉他我的网址，他很快就发来了E-mail，不仅关心我，而且关心远隔重洋的我的孩子。现在，我知道了，那是在他病重的时候啊，是在他生命的最后时刻啊，只有自己的亲人才会对你这样呀。

窗外，初春的阳光那样的好，他却不在了，一个那样慈祥温暖的老人不在了。

我想起胡昭先生1990年写给一位逝世诗人的悼诗："也许你躲到什么地方埋头著述去了，不久就会又捧出一部充满活力的新诗。"

我想起胡昭先生 1978 年悼念他的亡妻的诗："话儿挤在嘴边连不成句,我只能把一捧散碎的泪花捧献给你。"

2004 年 2 月 16 日匆匆于北京

忧郁的孙犁先生

一晃,孙犁先生已经去世五个月了。我一直想写写孙犁先生,却又不知从何写起,面对电脑,枯坐半天,总是一片空白。这让我非常痛苦,我才发现有的事情有的人真的想写却突然没有词了,那感觉就像欲哭无泪一样吧。

我常常想起孙犁先生,想起先生和我通过的那么多的信。我很想把这些信件都整理出来,为先生也给自己留一份纪念。可是,我不忍心触动那些难忘的而且只是属于我们两人的岁月。那是一段多么难忘的岁月,在我的一生中,恐怕再也找不回那样恬静而温馨的岁月了。我表达着一个晚辈对他的景仰,他是我德高望重的前辈,却是那样的平易朴素,那么大的年纪却常常关心我的生活和写作,竟然来信说"您在各地报刊发表的短文,我能读到的,都拜读了"。而且按先生的话是"逐字逐句"认真地读,然后写来长信,提出批评,给予鼓励,文学变得那样的美好而纯净,远离尘嚣,我和先生仿佛与世隔绝一般,只谈读书,只谈往事。现在还会有那样的岁月和心境吗?

在孙犁先生活着的时候,我常常想去看望他。北京离天津并不远,况且在天津还有我的亲人和认识孙犁先生的朋友,我也经常去天津。但我还是一次次忍住了这个念头,我怕打扰一个喜欢安静的老人,说老实话,也怕和我想象中的样子出现偏差。心仪一位作家,就老老实实地读他的作品吧。我知道我既不是他的学生,不是他的研究者,也不是他的部下,而只是一个敬重他的作者和喜爱他的读者。本来离孙犁先生就很远,即便走近了,也不见得就能够看得清楚,就还是远远地保留一份想象吧。

孙犁先生去世之后,我读过了不少人写的悼念文章,有些和我想象中的一样,有些和我想象中的不一样。我便问自己:我想象中的孙犁先生是什么样子呢? 想了许久,我得出的结论是:晚年的孙犁先生是忧郁的。我不知道,我的想象是不是对。那却是我的想象。没错,孙犁先生的晚年是忧郁的。

孙犁先生的忧郁,和他衰年独处有关。他文章中不止一次流露出"故园消失,朋友凋零。还乡无日,就墓有期"的感慨。他是一个情感极其细腻的人,他沉淀了岁月,洞悉了人生,所以在琐碎生活中特别珍时惜日,所以在秋水文章中格外取心析骨。

记得他读完我的《母亲》一文,知道我小时候生母去世后父亲回老家又为我和弟弟娶回一个继母的经历,来信说"您的童年,无

论如何,不能说是幸福的,使我伤感"。然后,又驰书一封特别说:
"关于继母,我只听说过'后娘不好当'这句老话,以及'有了后娘就有了后爹'这句不全面的话。您的生母逝世后,您父亲就'回了一趟老家'。这完全是为了您和弟弟。到了老家经过和亲友们商议,物色,才找到一个既生过儿女、年岁又大的女人,这都是为了你们。如果是一个年轻的、还能生育的女人,那情况就很可能相反了。所以,令尊当时的心情是痛苦的。"

前一封信,让我感动,我知道孙犁晚年很少再动感情,他自己在文章里说过,"我老了,记忆力差,对人对事,也不愿再多用感情"。他却为我的一篇文章为我的童年而伤感。我能够触摸到他敏感而善感的心,便也就越发明白为什么在他早期的文章中充满对那么多人细致入微的感情描摹。我有一种和他的心相通的感觉,这不是什么攀附,只是普通人之间普通情感的相通。我相信他是不愿意他去世后被人称作大师的,他只是一个始终保持着普通人感情的作家,就像他始终喜欢布衣麻鞋粗茶淡饭一样。

后一封信,让我没有想到。因为在我写文章及文章发表之后,都没有曾经想到父亲当年那样做时内心真实的感情,而只是埋怨父亲。孙犁先生的信提醒了我,也是委婉地批评了我。真的,对于父亲,我一直都并未理解,一直都是埋怨,一直都是觉得失去母亲后自己的痛苦多于父亲。也许,只有经历过太多沧桑的孙犁先生,对于哪怕再简单的生活才会涌出深刻的感喟吧,而我毕竟涉世未深。过去常看到别人说孙犁先生善于写女人，其实，他也是那样善于理解男人。我也隐隐地感觉到晚年的孙犁和年轻时的心境已经不大一样，便总觉得有一种忧郁的云翳拂过他的眼神，善意地注视着我们，伤感地回顾着往昔。

我不大清楚孙犁先生到底是如何看待自己晚年文章的。我只知道在和我通信中，他特别提到过他的这样两篇文章，一篇是1989年写的《记邹明》，一篇是1994年写的《读画论记》。在他晚年的著述里，这两篇文章都算比较长的了。我是觉得他自己格外看重这两篇文章的。《读画论记》，他不计利钝，不为趋避，知人论世，裁画叙心，深刻道出文坛的悲哀。在这篇文章中，他说："没有大智大勇，很难逃出这个圈子。"

我想起先生在给我的信中不止一次地流露出这种情绪："贪图名利于一时，这是很容易的。但遗憾终生，得不偿失，我很为一些聪明人，感到太不值。"在信里，他对文坛许多现象给予了批评，比如对那些冒充学问的所谓注水书籍的一再批评："这不能说明他有学问，是说明当前的'读者'都是'书盲'，能被这些人唬住，太可怜了。"面对这些现象，最后他只有在信中感慨地说："据我的经验，目前好像没有人听正经话，只愿意听邪门歪道，无可奈何。"我便忍不住想起他在文章中一针见血批评的话："文场芜杂，士林斑驳。干预生活，是干预政治的先声；摆脱政治，是醉心政治的烟幕。文艺便日渐商贾化、政客化、青皮化。"也是，这样的话，谁能够听得进去,谁又愿意听呢?

晚年的孙犁,唯一能够给予他慰藉的只有读书了。他在信中对我说:"我读书很慢,您难以想象,但我读得很仔细,这也是年轻人难以想象的。"在另一封信中,他又说:"读书烦了,就读字帖;字帖厌了,就看画册。这是中国文人的消闲传统,奔波一生,晚年得静,能有此享受,可云幸福。"孙犁是以这样的心境退回书斋之中的,既有中国传统文人之习,也有无可奈何之隐。孙犁先生的去世,我是感到这样一代文人和文风已经基本宣告结束了。那种忧郁的太息和气质,只存活在他的文字中了。

我知道孙犁晚年喜欢临帖书写,曾经请他为我写一幅字,他写来的第一幅录的是杜甫《寄彭州高三十五使君适虢州岑二十七长史参三十韵》中的诗句,诗里有"心微傍鱼鸟,肉瘦怯豺狼"和"竹斋烧药灶,花屿读书床"的句子,我不知道是不是先生的自况。他写来的第二幅字是"千秋万岁名,寂寞身后事",使我感到他的旷达和超脱之外那一丝忧郁。他出的最后一本书,取的书名竟是《曲终集》,我隐隐感到不大吉利,曾经写信问过他,先生回信却没有回答,也许,是觉得我岁数还小不大懂得吧。

《记邹明》,有他自己人生的感慨,那是一则邹明记,也是一篇哀己赋。在那篇文章中,他说:"是哀邹明,也是哀我自己。我们的一生,这样短暂,却充满了风雨、冰雹、雷电,经历了哀伤、凄楚、挣扎,看到了那么多的卑鄙、无耻和丑恶。这是一场无可奈何的人生大梦,它的觉醒,常常在瞑目临终之时。"我不知道别人是如何看这篇文章的,我是感到了一种往昔的梦魇与现实的无奈,交织成一片深刻的忧郁,笼罩在晚年孙犁先生的心头,拂拭不去。

孙犁先生一生不谙世故宦情,以他的资历和成就,他完全可以像有些人那样爬上去的,但他只是如自己所说的,"我的上面有:科长、编辑部正副主任,正副总编、正副社长。这还只是在报社,如连上市里,则又有宣传部的处长、部长、文教书记等。这就像过去北京厂甸卖的大串山里红,即使你也算是这串上的一个吧,也是最下面,最小最干瘪的那一个了"。

在一次孙犁先生《耕堂劫后十种》书籍出版座谈会上,我曾经讲过这样的话,我很想把这段话作为这篇迟到的悼念文字的结尾——

孙犁先生是中国真正的、有点老派的古典文人。知识分子是干什么的?就是干与知识相关的事情,孙犁先生的一生就是这样干的。面对这样的一个人,我们很惭愧。因为我们很多知识分子干的不是知识分子的事情,或为官,或为商,或争名于朝,或争利于市,这是孙犁先生作品中不断批判的。而孙犁先生的一生,干的是知识分子的事情,他不为官,也不为商,然而不是他没有为官的途径和条件。孙犁先生是一个真正的文人。回眸孙犁先生二十年,实际不止二十年,五十年或者更长,把他的五十年、六十年,一生的作品都展示出来,孙犁先生可以面不改色,不用脸红,每篇文章包括每封信件都拿出来和读者见面。现在有多少作家可以把自己所有的作品更不要说每一封信件，摊出来和读者见面呢？包括所谓的大家。正如孙犁先生在《曲终集》中所说：人生舞台，曲不终，而人已不见；或曲已终，而仍见人。孙犁先生五十年的作品，不仅一直保持着这种创作的势头，而且保持着真正文人的这种态度。所以我说孙犁先生是真正的文人，做的是真正文人的事情。愿意称自己为文人的人，都应该有发自内心的深省。

2002 年 12 月 11 日于北京

放翁晚年的一个梦

　　放翁晚年,曾经作过一首名字叫作《梦中行荷花万顷中》的七言绝句。那是放翁八十六岁临终前几天的所作。这是一首非常有意思的诗,记述的是放翁一个奇特的梦,居然梦见健步行走在荷花怒放的万顷荷塘之中,丝毫未见八十六岁这样年龄老衰的颓然,和步履的蹒跚,梦的是如此汪洋恣肆的艳丽和开阔。如果对比放翁临终之作《示儿》,同样也是一首七言绝句,完全是两种不同的境界。

　　"老去已忘天下事,梦中犹看洛阳花。"这也是放翁晚年的诗句。梦中看花,看来对于放翁不是一次的偶遇。只不过,这一次比洛阳花更为奇特,是一碧万顷的荷花。

　　这首诗,放翁是这样写的:"天风无际路茫茫,老作月王风露郎。只把千尊为月俸,为嫌铜臭杂花香。"以前我没有读过这首诗,当我读到这里的时候,眼睛一亮,心头一震,暗想放翁一定有先知先觉，有着无比的洞察力和预测力，这首诗简直就是专门为八百余年后的我们的今天而写的。

如今，很多的诗人和作家，早已经脱贫致富，作家收入排行榜更是令人艳羡，不会如放翁一样"医不可招惟忍病，书犹能读足忘穷"一样的尴尬和无奈。但是，铜臭早已经淹没了花香的现实，让放翁一语中的，如此的料事如神，像是钻进了我们肚子里的一条悟空式的蛔虫。想想，如今，纵使有万顷荷花，放翁再有想象力，可能永远想象不到，要去看，得要买门票的，而且因有荷花作展，门票是要加价的。想做月王风露郎，囊中羞涩，也不那么容易了。

或许，这实在是读完放翁这首诗后有些丧气的事情。八百年后，与放翁相比，时代的变迁异常巨大，但诗心与诗情，乃至写诗者和读诗者的感官与感觉，以及背后全社会的道德感和理想力，却是没有进化，而只有潜移默化的变化，或者触目惊心的退化。

忍不住想起八百年前的放翁。"利名皆醉远，日月为闲长"，那时候，放翁有了这样气定神闲的心态；"研朱点周易，饮酒和陶诗"，那时候，放翁有了这样旷远豁达的情致；"小草临池学，新诗满竹题"，那时候，放翁满眼都是诗。对于过去曾经发生过的一切，他的态度是"荣枯不须计，千古一棋枰"；对于疾病和贫穷，他说得达观而幽默，"留病三分嫌太健，忍饥半日未为贫"；对于鹊起的声名，他看得更为透彻，"镜中衰鬓难藏老，海内虚名不救贫"。

那时候，过眼的一切真正成了浮云，放翁把自己定位于一个年老多病的诗人,而不再是金戈铁马的将士,更不是拥有资历显赫老本可吃的老臣或元老。远避尘嚣,读书和写诗,真的成为他生活和生命的一部分,而从来没有如今天的我们考虑过码洋、印数、转载、翻译、评论或获奖,或弄一笔赞助开一个广散红包的作品讨论会。

"挂墙多汉刻,插架半唐诗""浅倾家酿酒,细读手抄书""诗吟唐近体,谈慕晋高流""古纸硬黄临晋帖,矮笺匀碧录唐诗""细考虫鱼笺尔雅,广收草木续离骚"……这样的诗句,在放翁的晚年中俯拾皆是。书不再是安身立命的功名之事,而是一种惯性的生活和心情的轨迹,就像蛇走泥留迹,蜂过花留蜜一样,自然而然,甚至是天然一般。他不止一次这样写道,"引睡书横犹在架""体倦尚凭书引睡",能够想象那时他的样子,一定是看着看着书,眼皮一打,书掉在地上,书成了安眠药和贴身知己。

那时候,他说"羹煮野菜元足味,屋茨生草亦安居",如此的安贫气全,没有我们现在好多人急于换一处大房子的心思,更没有非要住别墅的欲望躁动。还有一句诗,放翁是这样写的:"敲门赊酒常醋醉,举网无鱼亦浩歌。"似乎可以找到八百年后的我们底气不足以及和放翁差别的原因,起码我不能做到"举网无鱼亦浩歌",我更看重的是网里得有鱼,且是大鱼,我就像是普希金《渔夫和金鱼》古老故事里的那个老渔夫,怎么也得打上一条金鱼来,否则怎么交代? 因此,便不会做放翁那样的无用功,举网无鱼,还要傻了吧唧地吼着歌,而且是浩歌。

所以,我们老时做不出放翁一样行荷花万顷之梦。

2017 年 4 月 23 日于北京

八面风来山镇定

在印第安纳大学图书馆里，看到方守彝的《纲旧闻斋调刁集》，眼睛一亮，立刻借回来读。之所以选择了方守彝，是因为曾经读过这样一则短文，讲方守彝和他的父亲的一段小故事。

方守彝的父亲方宗诚，是桐城派的重要人物，曾经在枣强县做过几年的县令。过去的俗语：一年清知府，十万雪花银。正所谓即使是于官不贪，也是于官不贫。但是，方宗诚却坚守清廉之道。清光绪六年，方宗诚辞官返乡时，枣强县的朋友不忍心看着他就这样两手空空归去，便纷纷解囊，慷慨赠银。盛情难却，方宗诚只好收下，将其打成薄薄的银片，分别夹在自己的几十卷文稿中，准备回乡后作为印书的费用。谁想回家后被为父亲整理书稿的儿子方守彝看到，以为是父亲当县令时收受贿赂的赃款。父亲告诉他实情，他还是不客气地对父亲说："用礼金印书，文章会因之黯然失色，为儿今后还能读父亲的大作吗？"他又对父亲说："父亲平时有心兴学,不如将礼金送回枣强以做办学之用。"这一年,方守彝三十三岁。

这则短文印象很深,是因为让我想起如今不少官员私人出书,所用公款,毫无愧色;就更不要说那些肆无忌惮受贿敛财豪取鲸吞的贪官污吏了。方守彝却能够帮助父亲守住读书人的本分,坚持清廉之道,实在令人钦佩。

我记住了方守彝这个名字。

作为晚清桐城派尾声的诗人方守彝,如今已经少为人知。他的同时代人称他的诗"体源山谷,瘦硬淡远"。这话说得不像如今文坛一些拿了红包的评论托儿的阿谀之词。读方守彝"小园花树关心事""秋来天大千山秃";再看黄庭坚"篱边黄菊关心事""落木千山天远大",便证明"体源山谷"信是不假。再读方守彝"五夜青灯呼剑起,一天黄叶携风来""白练远横天吸浪,黄云无际麦翻风""园竹不肥存节概,海棠未放已风流";那风和剑、天和浪、麦和风的呼应,黄叶与青灯、黄云与白练的色泽清冽的对比,竹子气概与海棠风流的存在背景意在言外的抒发,自可以看出"瘦硬淡远",并非虚夸。

我读方守彝,除"瘦硬淡远"外,还有清新雅致一面。"结彩空门佛欲笑,堕眉新月夜来弯""四山真似儿孙绕,万马能为罴虎横""梅影纵寒无软骨,酒杯虽浅有余香";写新月为夜来而弯,写群山如儿孙而绕,写梅写酒,语清词浅,都有清心爽目不俗的新颖之处。再看他写雪——"店远难沽村断径,风寒如叟发全斑""高天定有清言在,但看缤纷玉屑飞",前者把雪比喻成白发斑斑,后者将雪比喻成清言纷纷,总能在司空见惯里翻出一点新意,实属不易。

在这本《纲旧闻斋调刁集》里,我最看重的是那些书写乱世之中苦守心志的诗篇。"报国难凭书里字,忧时欲拨雾中天""忧来世事无从说,话到家常有许悲""诗来苦作离骚读,恨起微闻古井澜";并非躲进他的纲旧闻斋成一统,隐遁在沧桑动荡的红尘之外,而是心从报国,忧来世事,应该说更属不易。如同他自己的诗中所说,"语来万斛清泉里,意在三峰华岳中",方守彝的诗,才有了他自己与万千世界相连的开阔的意象和寄托,才有了今天阅读不俗的价值与意义。

方守彝生活在清末民初从太平天国到辛亥革命的动荡时期,他的同代人称其:"命重当时,离乱倄然,身居都会,不夷不惠,可谓明哲君子矣。"这个评价,特别说他是"明哲君子",是名副其实的。他不是如秋瑾一样的革命志士,也不是如龚自珍一样的呼吁革新的风云人物,但在乱世之中能够明哲保身,守住读书人的一份良知,并不是所有知识分子都能做得到的。方守彝的诗中有这样的诗句"八面风来山镇定,一轮月明水清深",便最让我难忘。同样的意思,他还一再写道:"清月乍生凉雨后,高山自表乱云中。"可以说,诗里的山与水与月,是方守彝做人与作诗的明喻,以自己的镇定与清深,对应并对峙的是外界的乱云飞渡和风吹草动。这里的清白与定力,是明哲君子的品性,也是做明哲君子的基础。

对于人生处世,方守彝有一个"混沌"之说。这个"混沌",不是郑板桥"难得糊涂"的"糊涂"。方守彝说:"人能混沌,则不受约束,无所沾滞,有自在之乐。"他进一步解释:"忘老衰之忧,顺时任运,不惧不足,不求有余,尤为混沌之态。"这个"混沌"说,是方守彝的人生哲学,可以说是他的自我安慰,甚至有些宿命,却也可以说是他律己的要求。他说的"不惧不足,不求有余",对立的是贪心不足,欲壑难平。方守彝的这话,让我想起他三十三岁那年发现书稿中夹有银片时对父亲说的那番话,前后的延续是一致的。那是一种安贫乐道、坚廉不苟的君子之风。所谓明哲保身,保住的正是这最重要的一点。而这一点,恰恰会让今天我们的知识分子汗颜。我们如今不是"混沌",而是过于清醒,明确得如巴甫洛夫学说中的一条徒挂虚名的名犬,知道两点一线的距离最近,知道我们自己想要什么,并通过什么样的路径,可以迅速叼到。

方守彝诗云:"止可坚安君子分,羊肠满地慎孤征。"一百年过去了,如此一个"慎"字,依然可以作为我们今天的箴言。

2016 年 4 月 7 日于美国归来

163

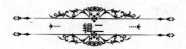

辑二

庞薰琹的四幅画

弗洛里达侧身像

巴黎的第六区有一条蒙巴尔纳斯街，曾经是一条非常有名的艺术大街。一战之后，巴黎的艺术中心建立在这里，不仅是法国艺术家，来自世界很多国家的艺术家，都云集在这里。这条街上的"杜姆"和"古堡尔"咖啡馆，是艺术家们最爱去的地方，渐渐地成了艺术沙龙。毕加索当年便常在这条街上和咖啡馆里出现。一直到现在，这里为人所瞩目，成了旅游观光者的流连之地。

20世纪20年代，庞薰琹留学法国，便在这条街上一个大茅屋学院学习美术。说是学院，不过是一间简单的工作室。无须考试，没有门槛，谁都可以买票进去，里面高低有几排板凳，窗前可以站一排人，正对窗户的是模特台，光线明亮，人们坐在或站在那里画模特，有老师指点一下而已。

　　来这里学画的，大多如庞薰琹一样，都是贫寒的流浪画家。想想，那时候的蒙巴尔纳斯街，有些像我们北京的宋庄，那么多流浪画家怀揣着梦想，来到这里学画，却不知前路在哪里。按照庞薰琹的说法，当时在巴黎学画的有几万人，能够靠自己卖画为生的，只占不到三分之一；这不到三分之一的人中，能够混出点儿名声的，也只占不到三分之一；在这些有点儿名声的人中，出来的真正的大画家，没有几个人。艺术世界中，表面看风光无限，实际上，残酷的淘汰率，让大多数人成了为数可怜的成功者的庞大分母。

　　有意思的在于，在这些流浪画家中，巴黎成了身份镀金的一环，好像从蒙巴尔纳斯大街上走过，就跟我们这里的涮羊肉在火锅里涮过，立刻成了美味可口的菜肴一样，自己便也成了不起的画家。

　　这样的人，在蒙巴尔纳斯常常可以遇到。弗洛里达就是这样的一位有点儿小名气的画家。但是，越是这样一瓶子不满半瓶子晃荡的主儿，越是生怕别人不认识他，他就像我们如今这里的有些画家故意蓄长发留长胡子一样，鬓角留到了脖子上，鼻子还缀着一个金属的鼻环。走到蒙巴尔纳斯大街上，他要夹一个很大的画夹，画夹上写着他很大很大的名字，就像我们有些时尚的女人，愿意挎一个有着LV（路易·威登）之类字样的名牌包，走在大街上招摇，希望获得回头率一样。

庞薰琹早就在蒙巴尔纳斯街上见过他来回招摇。没有想到有一天在聚会上见他夹着他的大画夹,向自己走过来,对自己说,想为自己画张画像。庞薰琹很高兴地答应了,在蒙巴尔纳斯,他的名气不小,而自己寂寂无闻,庞薰琹很想看看他画画的水平到底怎么样。

庞薰琹坐下来,静静地看着他画。坐了一个小时了,他还没有画完,只见他换了三张画纸,脸上渗出细碎的汗珠。他对庞薰琹说:要不你换个姿势,我画你的侧面像吧。庞薰琹侧过身子,等他继续画。这一次,他画了半个来小时,终于画完了,只见他如释重负,立刻又恢复了平常那得意扬扬的样子,在画上很是潇洒地签下自己的大名,然后把画递给庞薰琹,用一种很有几分高傲的语气说:送给你了!

庞薰琹看了看这位自以为了不起的画家为自己画了一个半小时才画得的半身侧面像,真是水平很一般,这样水平的画家,在蒙巴尔纳斯街上,随便一抓可以抓一大把,他却很快忘掉刚才画画时的紧张和尴尬,立刻出现了趾高气扬飘飘然的样子。庞薰琹很不以为然,对他说了句:我也帮你画张侧身像吧。

庞薰琹在大茅屋学画人像速写,有很好的基础。那时候,他受同在巴黎的画家常玉的影响,用毛笔勾勒人物的线条,再涂上水彩的颜色,一般十分钟就可以画成一幅。庞薰琹刚才坐在那里看这家伙给自己画像的时候,早已经仔细观察过了,奇形怪状的装扮和夸张的样子,特点那么明显,很好抓住。于是,庞薰琹成竹在胸,用了不到十分钟的时间就把他的侧身速写像完成了。

弗洛里达接过画来一看,很是惊讶,没有想到庞薰琹画得这样好,又这样快。他禁不住问:你也是画家?

庞薰琹说:不,我只是一个学生。

弗洛里达不敢相信:不,你已经很有名了吧?

庞薰琹依然冷冷地说:不像你,你是大名鼎鼎的弗洛里达嘛!

他惊讶地瞪大了眼睛,鼻环一闪一闪使劲地晃动着:你怎么知道我的名字?

庞薰琹带几分讽刺的口吻说:你自己告诉我的。

他更是惊讶了:我以前没有见过你呀!

庞薰琹没有说话,只是指指他画夹上他龙飞凤舞的签名。

这一回,他的脸红了。

晚年,庞薰琹回忆起这件往事时,说道:一个真正的艺术家,永远是虚心的。他用不着为自己吹牛。

戴黑帽的自画像

巴黎拉丁区一条叫作圣米歇尔的街上,有一家新开的酒吧,酒吧不大,墙壁上装满镜子,四周显得很亮。

二十二岁的庞薰琹常常到这里来。那时,是庞薰琹来到巴黎的第三个年头。他依然艰苦学艺,依然是个贫穷的流浪画家。

常来这里,有两个原因:一是他没有钱去剧院听音乐会或看歌剧,便来到了这个不需要门票的酒吧消磨时光;二是他可以坐这里画画,来酒吧的各色人等,成为他最好的模特。这里很接地气,充满生活的气息。

每一次来酒吧,庞薰琹都会坐在最里面的一个高凳上,这样既可以让自己安静地画,又可以将酒吧一览无余。酒吧卖酒的小伙子,说一口流利的法语和英语,很欢迎庞薰琹。精明的小伙子,觉得庞薰琹的出现可以为酒吧带来生意,让酒多卖一些。

庞薰琹第一次来酒吧,先为小伙子画了一幅速写。以后,只要庞薰琹来酒吧,小伙子就会把自己的那幅速写画像,挂在吧台后的镜子上。这样一来,画很是显山显水,进酒吧的客人一眼就能看见。这时候,有人看看镜子上的速写,再看看庞薰琹坐在后面正在画画,会走到庞薰琹面前,请庞薰琹为他也画幅速写。小伙子会立刻跑过来,为庞薰琹倒一杯酒。如果来的是位外国人,或者是位有钱的阔主儿,小伙子会瞧人家一眼,问一句:来瓶香槟? 不等答话,他已经冲着吧台大声招呼:香槟一瓶! 瞬间的工夫,两杯冒着泡沫的香槟已经端到面前。

所以,庞薰琹愿意到这里来画画的第三个原因,是可以不用花钱喝到很多好酒。当然,这些速写都是非卖品,如果有人非要拿走,也都是免费奉送的。庞薰琹来这里的目的,就是练练自己的手艺,观察观察现实生活。

有一天,庞薰琹来到酒吧,坐在老座位上画画,走过来一位中年男人,嘴上留着醒目的小胡子。庞薰琹以为又是来找自己画速写的,谁知道这一次不是,他很有礼貌地问庞薰琹:能不能看看你画夹里的大作?

庞薰琹也客气地说:请便。

他坐在庞薰琹的面前,开始翻阅画夹里的画,一幅一幅地看,看得很仔细、很认真。然后,他挑出一幅钢笔画,问庞薰琹:请问这一幅能否割爱卖给我? 说罢,也不等庞薰琹回答,已经掏出一沓面值一百法郎的钞票,放在庞薰琹面前咖啡杯的碟子下面。

庞薰琹看得有些发蒙,当时没好意思数钱,等回到家数后发现一共是七百法郎。这是庞薰琹来巴黎三年后第一次卖画,一幅就卖了这么多钱。当时,这七百法郎,可是他两个月的饭钱呀。天上竟然有这样突然掉馅饼的好事。巴黎城的天,终于对庞薰琹阳光灿烂了起来。

没过几天,在酒吧里,庞薰琹看见这个出手大方的人,又向自己走过来。这一次,他送给庞薰琹一顶宽边的黑丝绒帽,是当时巴黎的流行样式,戴在庞薰琹的头上,很有些不一样的风度。他看看庞薰琹,庞薰琹看看他,都笑了。

又过了几天,还是在酒吧,庞薰琹看见他又向自己走了过来。这一次,他的手里还是拿着一顶帽子,这一次是顶咖啡色的丝绒帽。同时，还带来了一双皮鞋。不用说，都是巴黎时尚的款式。按照中国话说，是人配衣服马配鞍，庞薰琹颇有些鸟枪换炮的感觉，来巴黎三年，终于丑小鸭要变天鹅了吗？庞薰琹不明白他葫芦里卖的什么药，为什么要对自己如此慷慨大方？

那人好像一眼洞穿了庞薰琹的心思，对他介绍自己是位子爵，是法国的贵族后裔，那意思是钱对于他不在话下。紧接着，他对庞薰琹说：知道我为什么看重你的画作吗？因为你有你自己的三个优势。

庞薰琹还是第一次听到有人会这样如同庖丁解牛一般剖析自己，他很有兴趣，愿意洗耳恭听。

第一，你的画有你自己的画风，有你的风格；第二，你是亚洲人，尤其你是中国人，在巴黎，还没有一个有名的中国画家；第三，你很年轻。

应该说，他说得很客观，也算眼光老辣，一眼看到了庞薰琹的才华，和未来发展的空间。这么说，自己真的遇到伯乐了？庞薰琹有些不敢相信，卖出一幅或几幅画是可能的，但能遇到伯乐这样的好事，可是像漫天的大雨能落进自己小小瓶子里一滴雨滴一样，可能性实在是太小了。

那位子爵望了望庞薰琹迟疑茫然的眼睛，又说：但是，你要想成为巴黎有名的画家，还缺少两个必不可少的条件，你想知道是什么条件吗？

庞薰琹洗耳恭听。

第一,你缺少一间漂亮的画室;第二,你缺少一辆漂亮的汽车。

庞薰琹一听这话,忍不住哈哈大笑,对他说:我现在连生活都困难,漂亮的画室,漂亮的汽车,你说的这不是天方夜谭吗?

子爵不笑,依然很严肃地对庞薰琹说:你不要这样的笑,也不要以为这是天方夜谭。一切都是有可能的。

庞薰琹依然在笑着反问他:怎么有可能呢? 难道能够有安徒生童话一样的奇迹出现在巴黎吗?

子爵依然严肃地说:是的,可以出现奇迹,因为你所缺少的两个条件,我能够帮助你解决。

庞薰琹反问他:怎么解决?

子爵说:从现在开始,我每月给你两千法郎,暑假还可以提供你到普罗旺斯海滨休假两个月的全部费用。你只要履行我对你提出的以下三个条件:一、你每月最少要给我两幅油画和五十幅中国毛笔画的速写;二、你要卖画,必须经过我的手;三、你十年之内如果要改变画风必须提前和我商量。

庞薰琹明白了,原来子爵是位画商,是位精明也有眼光的画商。

庞薰琹立刻警惕了起来。因为他的脑子里立刻旋风一般掠过两幅画面。一幅是常玉对他说过的话。那时,他受常玉的影响很大,常玉曾经不止一次对他说:你千万不要上画商的当! 一幅是他曾经在书中读到的一个故事,一个人为了生活的享受,把灵魂卖给了魔鬼,生活的种种享受得到满足,但他成了一个没有灵魂的人,心里无比的痛苦。

子爵最后对他说:你现在不用着急回答我,回去好好想想。

可是,最后,庞薰琹也没有答应子爵。庞薰琹还是想做个自由的人,不愿意在诱惑面前做一个失去灵魂的人。

庞薰琹决定回国之前,子爵又来找庞薰琹,劝他留下来不用走,子爵说:你留在巴黎,我保证你生活没有任何问题。你想一想,对于一个画家而言,世界上找不到第二个巴黎!

这一次,子爵又带来一顶帽子送给庞薰琹,是一顶墨绿色的丝绒帽子。这是他送给庞薰琹的第三顶帽子,也是最后一顶。

庞薰琹还是毅然决然地回国了。在离开巴黎之前,庞薰琹画了一幅《戴黑帽的自画像》。画上的庞薰琹戴着的是子爵送给他的第一顶黑丝绒帽。尽管他是一个精明的画商,却也是一个看重庞薰琹才华的人。庞薰琹还是很感谢他的。这幅油画漂洋过海,被庞薰琹带回,一直珍藏,可惜,在"文化大革命"中,画作被毁。

穿巴尼欧裙子的女人

巴尼欧裙子，是一种法国古老的式样，在 18 世纪末和 19 世纪初很流行。但是，到了 20 世纪初期，也就是 1929 年的时候，这种式样，早已经成了老古董，就像我们清朝的长袍马褂，除非在戏台上，是不会有人穿的了。

1929 年，庞薰琹住在巴黎的阿斯尼埃尔，房东是位老太太，对庞薰琹很好，知道他是画家，特意把花房改造成画室，租给庞薰琹。在这里，庞薰琹见到了毕欧尔的姐姐，她是专门从南希来看望弟弟和房东太太——她的姨妈的。庞薰琹第一次看到她，她居然身上还穿着巴尼欧式样的老裙子，这令庞薰琹非常惊讶。

毕欧尔，是庞薰琹几年前就认识的小朋友。他是房东太太的侄子，在那里上学，天天在一起碰面，几乎是看着这孩子一天天长大。不过，他的姐姐却是第一次见到，没想到她穿着如此老旧，穿着几乎一个世纪前的衣服，这让庞薰琹有些匪夷所思。如今，在巴黎任何一条街上，谁还会穿这样的裙子呢？这种巴尼欧裙子，下面装有一个圆箍，整个儿看起来像一个大花篮，穿这样的裙子，走道都不方便呢。

和总是穿这样古怪的裙子相似，她还有一个古怪脾气，也让庞薰琹惊异，这是庞薰琹听她弟弟毕欧尔说的。她是南希音乐学院毕业的钢琴家，弹一手好钢琴，只是不能登台演奏，只要一上台，她准保会晕倒。所以，尽管她已经毕业多年，是一位优秀的钢琴家，却从来没有登台甚至当众演奏过一次钢琴。

林子大了，什么鸟都有，这真的是一个奇怪的人。庞薰琹心里想。

有一天，毕欧尔的姐姐找到庞薰琹，她从她的姨妈和弟弟那里听说庞薰琹是一位画家，便问：你知道我的父亲也是一位画家吗？

庞薰琹点点头。他早就听房东太太和毕欧尔说过。在罗浮宫里，他还特意找到她父亲画的那幅油画看过，是一幅古典风格写实的画作。经她这样一提，庞薰琹立刻想起了那幅油画，他恍然大悟。那幅油画上，画着一个十来岁的小姑娘，身上穿着的就是这样一件巴尼欧式样的裙子呀！莫非那个小姑娘就是站在眼前的这位有些古怪的钢琴家？

庞薰琹说起了这幅油画，并把自己的疑问一并告诉给了她。她点点头，说：父亲当年画的就是我。那时，我还不到十岁，穿的就是这件巴尼欧裙子。从那时候起，我一直穿着这件巴尼欧裙子。

说到这里的时候，庞薰琹看到她的眼睛里闪动着晶莹的泪光，他不敢再看，禁不住心里怦然一动。他明白了一个女儿对父亲的感情，日复一日，年复一年，将这样一份感情，长久地寄托在这样一件巴尼欧裙子上，那感情该是多么深厚。不是每一个孩子对于自己的父亲，都有这样深厚的感情的。对于这件巴尼欧裙子，庞薰琹多少可以理解了，那裙子上不仅有岁月的光影，也有感情的分量。

第二天，她又找到庞薰琹，希望他能陪她去罗浮宫找她父亲为她画的那幅油画。罗浮宫太大，琳琅满目那么多的作品，她怕自己不好找。

庞薰琹陪她去了罗浮宫。走在去罗浮宫的路上，走进罗浮宫里面，熙熙攘攘的人群，几乎没有一个人不在看她。她的那件巴尼欧裙子，实在是太扎眼了。她却是旁若无人地走着。

庞薰琹把她领到她父亲画的那幅油画前的时候，她的眼睛里立刻放射出一种异样的光，她盯着油画上曾经十来岁的她和如今自己身上一模一样的巴尼欧裙子，兴奋地蹦了起来，简直像一个见到什么宝贝的孩子，几乎忘记了这是在罗浮宫里，忘记了周围那么多人的存在。

好奇心，是世人共有的。很多人都围了过来，一边看看油画上的那个小姑娘，一边又看看油画前面的这个二十七八岁的年轻女人。岁月在她的脸上和身上留下了痕迹，却遮挡不住生命相似的印记。那件巴尼欧裙子，更是泄露了其中的秘密，让岁月在那一刻定格，仿佛她重回孩提时光，父亲依然站在她的面前，画笔和调色盘，那样鲜亮地晃动着，在阳光下闪闪发光。

那一刻,庞薰琹很有些感动。画就有这样的魅力,能够让一对父女穿越时空重逢,昔日重现,触手可摸。

从罗浮宫回来,一路上,她都处于兴奋状态。这一天晚饭后,她对庞薰琹说:你和我父亲都是画家,我的父亲已经不在了。我想请求你能够像当年我父亲画我一样,也为我画一幅像,可以吗?

她的眼光里不仅有请求,还有渴望和坚定的信心。面对这样的眼光,画家是不能不答应的。况且,房东太太也走了过来对庞薰琹说:你就答应吧,她就要结婚了,算作送给她的结婚礼物吧!

庞薰琹答应了,对她说:不过,我有个交换的条件,你回南希之前,为我弹奏一次钢琴。谁都有好奇心,庞薰琹也有,都说她从来不为他人弹奏钢琴,他很想看看她穿着这件巴尼欧裙子弹琴是什么样子。

她坐在庞薰琹的面前,那件巴尼欧裙子,在灯光下闪着古老而迷离的光斑,像有很多小小的飞虫,从裙子上飞出来,弥漫在她的身子周围,让她的脸庞显得有些朦胧。庞薰琹手里握着画笔,心里在想她父亲为她画的那幅油画,自己不能用她父亲那种古典派的完全写实的法子同样为她画像,我是一个中国画家,得有点中国风格,让人以后看到这幅画,一眼能够看出不是欧洲人画的,而是中国人画的才好。他在这幅肖像画中用了一些中国的笔法,有一些写意和装饰,她的脸庞和眼睛,有些迷蒙,有回忆,也有思念,还有不知所以的若有所思;那件巴尼欧裙子,在画作中呈一种

179

暗色调,显得格外凄迷。

别看这幅肖像画画幅并不大,在庞薰琹的艺术生涯中,却是至关重要的一件创作,甚至可以说是他画风演进的转折点。因为这是庞薰琹第一次尝试中西结合的方法创作的油画。

毕欧尔的姐姐回南希的前一天晚上,对庞薰琹说:今晚我为你弹奏几支肖邦的曲子谢谢你。

庞薰琹非常高兴,她没有忘记临别前演奏的承诺,可以满足一下自己的好奇心了。

不过,我有两个要求,一是要把房间里所有的灯都熄灭,二是所有的人都要坐在钢琴的背后,不要出声。

听完姐姐的话,毕欧尔忙不迭地跑过去,把所有的灯都关掉。屋里一片幽暗,只见她坐在钢琴旁边,留下一个漂亮的剪影。她开始演奏了,琴键在她的手指间像小鸟一样跃动,旋律如清泉一样流淌,真的是美妙绝伦。那一刻,庞薰琹看不清她的脸庞,也看不清她身上的那件巴尼欧裙子,但是,他听见了她心的声音,随琴声一起跳跃。

不到一年之后,庞薰琹回国。那幅他中西结合的画作《穿巴尼欧裙子的女人》,如今无法看到了。庞薰琹把它送给毕欧尔的姐姐,将近九十年过去了,不知道是否存世,或流落何方。

紫色野花

晚年的庞薰琹先生写过一本自传,其中有这样的两行字:"1964 年。画油画:《紫色野花》。花是从花店地上捡回几枝被弃的烂花,取其意进行创作的。"

面对这两行字,我读过好多遍,每读一次,心里都发酸。"地上""被弃""烂花",这样三个紧连在一起的词语,呈递进的关系,犹如电影里的一个由远推近的特写镜头,让我看到这样几枝委顿的残花败叶,一点点地彰显在眼前而分外醒目。

这时距 1957 年庞薰琹被打成右派,已经有七年的时间了。早就撤销了他的中央工艺美院副院长的职务,并给以降两级的处分,在清华大学万人和工艺美院千人批判大会之后不久,他的妻子也是我国老一辈油画家丘堤去世了。从此,庞薰琹先生沦落为打扫厕所的清洁工,开始了他的孤独人生,度过他人生最艰难痛苦的时期。可以说,这正是他人生处于最低谷的时候,让他和自己一样命运不济的残花败叶相遇,这样在花店不值一文钱的花,这样在一般人眼里不屑一顾甚至会不经意踩上一脚的花,对于一个画家,特别是失去了创作的机会却渴望绘画的敏感画家,却是如获至宝。

庞薰琹将这样"烂的花"称为"野花"。他以自己的创作,赋予了这样路边拾来的花以新的生命。野花,可以被抛弃,被遗忘,被鄙夷,却也可以充满旺盛的生命力,慰藉自己,并慰藉他人。

一个著名的画家,重回年轻窘迫的巴黎留学时光,没有钱,更没有机会,可以让他面对鲜花写生创作,而只能从花店地上捡几枝被弃的烂花回家,悄悄地写生创作。很长一段时间,我的脑子里都浮现着这个画面,总忍不住想象那一天庞先生从花店门口经过,偶然看见了店门口这几枝零落的残花。不知道,那一天是黄昏还是清晨;不知道,庞薰琹看见了花之后,想上前去捡时是有些羞怯,还是没有丝毫的犹豫。我想,如果是我,首先,我会敏感地注意到地上落着有花吗?即使是凋败却依然美丽的残花吗?其次,我会有勇气不怕别人的冷眼甚至呵斥,上前弯腰拾起花来吗?

也许,这正是庞薰琹区别于我们的地方。他以一位画家对美的敏感,对艺术的渴求,对哪怕是艰辛生活也要存在于心的希望,才会看到我们司空见惯中被零落被遗弃甚至被我们亲手打落下的美好东西,也才能和这地上的残花有了这样意外的邂逅。

同时,他毕竟会画画,画画是他的本事,更是他的追求。什么时候,任何人,都无法剥夺他手中的画笔,他用他特有的方式让自己有了勇气和信心继续活下去,让绘画不仅仅属于展览会或画廊乃至画框,更属于生命。因此,这样的邂逅,便不只是同病相怜,而是一见倾心,是彼此的镜像。是他赋予了那地上的败花以紫色这样高贵的色彩。

晚年的庞薰琹画了大量的花卉,《鸡冠花》《美人蕉》《窗前的白菊花》《瓶花》都被中国美术馆收藏,六十七岁生日之作《瓶花》还曾经参加巴黎美展。这和他前期在巴黎时重视人物与景物的现代派风格浓郁的画作大不相同。不知道别人会如何解释这一现象,我以为这和1964年他在花店的地上捡回几枝被弃的烂花,有着密切的关系。从那以后,他似乎心更加柔软缠绵,甚至路过崇文门花店看见地上的几朵无人问津的草花,也花了几角钱买回来,放大作画。在经历了颠簸的人生与沧桑的命运折磨作弄之后,他反倒越发孩子一般对于比他更弱小而可怜的草花生出关切之心。这样做除了他本身的艺术气质之外,就是他不易操守,不改初衷,依然保持着年轻时候就有的对于生活的真诚和对美的向往,以及不会被磨损和泯灭的信心。

每当我想起庞薰琹的这幅画,总忍不住想起法国作曲家拉威尔曾经作过的一支叫作《花之语》的乐曲,曾经是芭蕾舞曲,又曾经被改编为管弦乐曲。如果花真的能够说话,我相信,这幅《紫色野花》便是庞薰琹最好的心曲。拉威尔将这支《花之语》又取名《高贵而动情的圆舞曲》,我想这名字和庞薰琹正相吻合。拉威尔的这支曲子,是这幅画最好的背景音乐。

2017 年 4 月 13 日于北京

生命的尽头是一束花

　　1983年的3月,台北已经是春意盎然了。阳明山下,双溪水前,草色和柳树早都萌动着浅浅的绿意。在双溪水侧的张大千居住的摩耶精舍里,张大千让夫人把他刚刚在台北出版的《张大千书画集》第四卷拿出十四本,放到他的画案上,他要给"那边的朋友"签名留念。

　　"那边的朋友",是他最近这几年常说的话,谁都明白,指的是在海峡那边大陆的书画家朋友。自从1949年离开大陆,他再也没有能够见到那些"那边的朋友"了。朋友,还要分这边和那边,一道天堑般的银河,将朋友分隔两地,让朋友之间多了思念和牵挂。每次从张大千嘴里说出"那边的朋友"这句话的时候,都显得有些沉重。

　　去年的4月,蒋经国刚给他颁发了"中正奖章",褒奖他的艺术成就与贡献,今年,又出版了这本《张大千书画集》第四卷,算是这一辈子的最后一个冲刺之后的总结了。张大千已经明显地意识到，无论是自己的艺术生命还是肉体生命，都已经到了尾声。他已经看尽生死，四年前就已经立好了遗嘱。最近一段时间，身体状况急剧下滑，他心里很清楚，自己已是风中残烛，命悬一丝，来日无多，得赶紧抓紧时间，为"那边的朋友"签名送书，留下个最后的纪念。

夫人听到他的话后，刚要去拿书，他又说了一句：拿十三本吧！夫人有些奇怪，刚说的拿十四本，怎么一眨眼的工夫就少了一本？他望了望夫人，叹了口气，说道：伯驹已经不在了。

夫人立刻明白了他的心思。这些日子里，他的心里一直惦记着张伯驹先生呢。同为收藏家，又同为戏迷，他们是从年轻时就交往的老朋友，1936 年，为帮助张伯驹买那幅平复帖，张大千没少专门跑去找溥心畬，他和张伯驹相交甚深。张大千离开大陆之后，和张伯驹再也没能见面，这是最使他心焦的事情啊。

四年前，1979 年，"四人帮"被粉碎了，张伯驹平反了，这样的消息传来，让张大千欣慰，劫后余生，最是让人感喟。只是遗憾的是，海峡两岸，还不能往返走动，徒凭思念成灰却难以见上一面。后来，终于听说张伯驹夫妇应香港好友之邀准备来香港，张大千很兴奋。如果张伯驹到了香港，他就可以从台北飞往香港，和阔别三十年的老朋友见上一面。他立刻驰书一封，经由香港的朋友转寄到张伯驹手中。在这封信上，张大千直抒满腔思念之情："伯驹吾兄：一别三十年，想念不可言。故人情重，不遗在远，先后赐书，喜极而泣，极思一晤……企盼惠临晋江，以慰饥渴。"同时又说已经嘱咐香港的朋友为张伯驹和夫人订购了两张北京香港往返机票，并请张伯驹的夫人（潘素，同为画家）多带她的画作，准备为她在香港举办画展。所写的内容详尽，安排周到，可谓情深谊长，真的思饥念渴。可惜的是，张伯驹此次香港之行因故最后未能成行，给在企盼中的张大千一盆冷水浇头。

一年前，1982 年 1 月，听说张伯驹病重住院，张大千心里很是担忧，毕竟年龄摆在那里，岁月不饶人啊。那时，在美国的孙子正要从美国到北京，张大千嘱咐孙子到北京立刻去医院看望张伯驹，并叮嘱孙子："一定要拍一张和你张爷爷的合影回来寄给我。"孙子哪敢怠慢，到北京之后立刻赶往医院，和张伯驹合影留念。张伯驹在病榻上还写诗以慰思念之情，诗中有"别后瞬过四十年，沧波急注变桑田""一病方知思百事，余情未可了前缘"，让张大千看着心痛。

更让张大千心痛的是，不到一个月之后，张伯驹撒手人寰。

想着这些往事，再想年头更早以前两人交往的往事，张大千心头不禁一阵伤感。如今，自己和张伯驹一样也在病重中，"一病方知思百事，余情未可了前缘"，伯驹的诗写得好呀，写的正是现在自己的心情，至死未能相见，真是前缘未了啊，他如何能不感怀至深，无比伤感。如今，即使在画册上签上伯驹的大名，又往哪儿邮寄呢？

夫人已经将十三本《张大千书画集》抱了过来，一本本把书翻开到扉页。张大千戴上老花镜，开始在书上签名，他早已经想好，这十三本书分别送给李可染、李苦禅、王个簃、田世光、何海霞……一共十三位画家，都是"那边的朋友"。

夫人绝对没有想到，当张大千签到第十三本书的时候，手中的笔突然滑落到了地上，随之身子一歪，人倒在地上。

八天之后，张大千溘然长逝。

遵照张大千遗嘱，他所收藏的历代名画全部捐献给台北故宫博物院。这些上自隋唐下到宋代的名画，价值连城，其中最为名贵的，是宋代董源的《江堤晚景》，是1945年在北平他用准备置办房屋的五百两黄金，外加二十幅历代名家画作换来的国宝。

无论当时，还是如今，人们站在这幅《江堤晚景》画前，都会想起张伯驹。当年，张伯驹是用自己一座占地十三亩的清代王府庭院变卖成二十四条黄金，买下了隋代展子虔的名画《游春图》。同《江堤晚景》一样，《游春图》也是国宝级的名画。同张大千一样，张伯驹将画捐献给了北京故宫博物院。不知有多少人会想，这两位老朋友真的是心有灵犀，当年是同样不惜倾其千金买下名画，后来又是同样无私地把这样价值连城的名画捐献给了故宫博物院。他们好像事先商量过似的，一切的思想和行为的轨迹，是那样的相同。都说心心相印，只有他们这样的朋友才会有这样的心心相印。

两件国宝，两个同样国宝级的画家收藏家，一起站在我们的面前。这样的好朋友，在天堂再见面时，俯地仰天，问心无愧。

张伯驹比张大千年长一岁，比张大千早一年过世。他们都活到了八十四岁。这也是朋友之间难得的缘分吧。

每逢想起张大千和张伯驹二张这件陈年往事，我总会想起同为画家的夏加尔写过的一句诗：生命的尽头是一束花。我总会觉得夏加尔的这句诗，像是专门为二张写的。二张配得上这句诗，在他们生命的尽头，开放的是一束令我们敬慕的花。

2017 年 4 月 5 日于北京

齐白石的发财图

　　齐白石的润格和画作一样出名。他的润格是他的前辈吴昌硕先生写的，润格便出师有名。这是以前画家的一贯做法。而不是现在找一帮托儿，哄抬润格。所以，齐白石一贯理直气壮地说："卖画不讲交情，君子知耻，请照润格出钱。"

　　1927年5月的一天，有人来买画，指定题目，要齐白石画一幅发财图。当然，是照润格出钱的，而且，按照润格，指定题目是需另加钱的。

　　齐白石以画花草虫鱼出名，"发财"这样时髦而又抽象题意的画，他还是真未遇见过。齐白石和买家有了关于发财图的下面的对话，非常有趣。

　　齐白石先问买家：发财门路很多，该怎么个画法？买家说：你随便画。齐白石便说：画一个赵元帅如何？买家立刻回答：非也。

　　这第一个回合的问答，是对于赵元帅的否定。我们知道，赵元帅指的是赵公明,是我们国家传统的财神爷。赵公明曾经为周文王负责围猎事务有功,被封为大夫,到了明清时期,由于经济活动规模的加大,市场经济和资本主义的萌芽,为顺时运,人们发掘出了赵公明做木材生意发了财之后乐善好施这一方面的功德,赵公明被封为财神。对于赵元帅的否定,等于对于神祇的否定,也就是说,发财不必迷信于神,或者说发财不必靠神仙指路。

第二个回合。齐白石问:那么画印玺衣冠之类如何?买家又答:非也。所谓印玺衣冠,当然指的是走官道发财,这是自古至今发财的一条屡试不爽的捷径。对于这样的一条发财之道的否定,是觉得这并不是一条发财的正经之路。

第三个回合。齐白石问:那么画刀枪绳索之类如何?买家还是给予否定:非也。所谓刀枪绳索,当然指的是走非法发财的黑道,并非仅指明目张胆的抢劫,而是坑蒙拐骗假冒伪劣的奸商之类。这应该也是自古至今都存在的发财之路,即马克思早就说过的每一个毛孔里浸满了血。对这样的发财之路的否定,应该基于良知和道义。

最后一个回合,问答颠倒,双方位置置换,改买家发问。买家对齐白石说:画一个算盘如何?齐白石答:善哉。这是对这个主意的肯定。齐白石自己有这样一个解释:欲人钱财而不施危险,乃仁具耳。然后,齐白石一挥而就,画了一个算盘。

这四个回合真是有意思,简直就像现在的电视小品,有起伏,有悬念，有心理战，有潜台词。对于这幅发财图，齐白石和这位买家，各自心里都早有既定的目标选择。买家肯定是来之前就已经成竹在胸，却引而不发。齐白石心里对发财也有自己的想法，却也引而不发，投石问路，三试其意，揣摩买家对发财真实的意图，最后图穷匕首见，算盘脱颖而出。

发财是人之欲望，并没有错误。错误是前三个回合中的否定物，即对神的顶礼膜拜，以及昧心黑心走黑白两道。这样三条发财之道，至今依然被不少人所顶礼膜拜，真的要感慨齐白石当年画的这幅算盘发财图了。上述齐白石的那个解释，不知是当时对买画的人说的，还是事后自己的思悟，不管什么样的情况，他所说发财之路的仁之意，还是值得今天的人们警醒的。具有这种仁之意，才会让发财发得心安理得。所谓仁，是中国文化传统尊崇的道义，亦即不要发那些不义之财。不义之财，无论是黑道白道，都逃脱不掉最后的报偿。那便是道义的惩罚，神祇也帮不了你。

齐白石画的这幅《发财图》中的算盘，便成了一种象征，成为一句谶语。齐白石很珍惜这幅画，客人买画走后，他立刻重画一幅，自己藏于箱底，并书写了上述委婉有致四个回合的长篇题款，占了整个画幅一半以上。

齐白石一辈子画虫草花鱼无数，画算盘者，唯此一幅。想放翁诗"细考虫鱼笺尔雅，广收草木续离骚"，其实，白石老人的这幅算盘图,比那些虫鱼草木更能够笺尔雅、续离骚。

2016 年 3 月 5 日于美国布鲁明顿

石家庄遇韩羽

年前到石家庄参加河北日报副刊"布谷"六十年的会,没有想到和韩羽先生邻座,让我有些意外的喜悦。我忙起身对韩公说,要知道能见到您,就把《韩羽画集》带来请您签名!韩公只是谦和地笑。我慌不择路,忙把会议发的笔记本翻开,请他写几个字留念。他依然微笑,想了想,然后问我:写什么呢?我说随便您写。他又思忖片刻,写了一行:与复兴先生幸会幸会!那字是那样的亲切,又那样的熟悉,和《韩羽画集》最后收录的书法作品一样。我见他写字看报均无须戴老花镜,对他说,您的眼睛和身体还真好!他依然笑着摆摆手对我说:都八十七了!

用如今流行的话,我是韩公的粉丝。八年前,买下《韩羽画集》,这是常在手头翻阅的一本书。他的书法别具一格,我说不好属于什么体,朴拙中带谐趣和清味,应叫韩体吧。那本书中的"一川烟草,九州文章",我尤为喜欢,曾经模仿多次,都是画虎不成又不类犬,却不妨碍我一写再写。

我喜欢韩公的画,尤其戏画,曾经买过他彩印的画册。我也买过一本20世纪60年代人民文学出版社出版的老舍的《离婚》,里面的插图是韩公所作。那里面的插图人物造型有他后来便宜的影子,但基本走的是传统的路子。在韩公的戏画里,他颠覆了传统,也颠覆了自己。和同样善于戏画的马得先生比,一个偏于西化,一个则彻底土到底,土得和京戏倒更相吻合,是彻底的中国的泥土味。他画的是在村头土台子上演的社戏。

韩公自己曾说:"吾与马得同癖,均喜画戏。彼画中多幼妇少女……而吾画则多莽汉小丑。"其实,也不尽是。韩公也画了不少女人,只不过是特意为和那些莽汉小丑相对立而存在,便更加别致而醒目。聂绀弩先生曾经为他画的《虹霓关》题诗有句:"美目盼兮万马翻。"确是如此,他所画的那些女人的眼睛与莽汉小丑绝然不同,虽然都只是墨色一点,却见功夫。《小放牛》中的天真,《昭君出塞》的清澈,《霸王别姬》的无助,《打渔杀家》中是怯怯的,《宇宙锋》中是茫茫的,《女起解》中玉堂春的回眸,《乌龙院》里阎婆惜的斜眼,又都是充满难言的复杂……不是风情万种,却也是百态交集,百味丛生。

我还格外喜欢韩公的文,有明人小品短札的味道。如今的文章,动人的不少,有趣味的不多;而且,和街上女人的裙子越来越短相反,是越写越长。能如韩公一样写如此短文的,一需要学问,二需要趣味,三需要放翁所说的"老来阅尽荣枯事"的阅历。

他写漫画家张乐平先生爱酒,赞其画《醉酒图》:"一酡颜醉人,持杯让菊花饮,白菊亦渐呈酡色,两相共入醉乡。"如果到此文止,是一般为文,不足为训。他接着引《蕙风词话》载《题雪中狂饮图》句:"僵卧碎琼呼不起,看繁星,历乱如棋走。"况周颐谓其"非老于醉乡者不能道"。吾常想,如况见《醉酒图》,当亦会赞:"非老于醉乡者不能道。"文章便一下子有古今之间跌宕的交集,有了俯仰之间知会的气息。

韩公说他晚年很少作画,而是品画而生文。去年,我在《河北日报》看到他开设的《画人画语》的专栏,他说:"触类旁通,虽隔靴亦可搔到痒处。弄斧必到班门。"说得真的是好。如今,背离班门而自以为是标榜班门的乱象怪状,不仅对于画坛,对于文坛都有警醒之意,应该搔到痒处。

其中一篇,写他看齐白石的《小鱼都来》。画的是一支钓竿,却没有鱼钩,一群小鱼四围游来,重点在鱼钩,看世上机心,看画家童心,看观者的会心。这样的画,韩公写道:"看似至易,实质而难。"因为人和鱼斗心眼的绝招靠的就是鱼钩,好了,尽为放心。"内含机锋,所有的人生况味世事沧桑,都在这干净而留白的文字中了。"借用况周颐的话,是非老于辣心者不能道,非老于老眼者不能道。

一个画家,不仅能画,还能书,能文,已是很不简单。三头并进，到老如此，建树非常，在画家中更是少见；在书家和作家中，更是未见。可惜，石家庄一面匆匆，未能将这些心里话对韩公细说。再见不知何年。

　　　　　　　　　　　　2017 年春节前夕于北京

秋在高莽家

　　深秋之时,这天到高莽先生家的,有九十三岁的屠岸先生,八十岁的叶廷芳先生,七十岁的赵蘅和我,六十岁的雪村和五十岁的冯秋子。这天是高莽先生九十岁的生日,大家来为他祝寿。

　　高莽早在家门口等候我们了。一开门,发现不到半年的时间没见,他蓄起长长的胡子了,在上午的阳光映照下,胡须闪烁着斑斑银光。他笑着对我说,齐白石像我这么大年纪也是留胡子的。又说,听说你们今天来,我昨天一夜没睡着觉,老了!

　　老了,是正常的,九十岁了,不老就成精了。不过,他的精神,他的记忆,尤其看他新作的画,一点儿不显老。艺术,真的能使人年轻。不是每个人都有福气能够活到九十岁的,更不是每个活到九十岁的人还能够执笔为文作画的。

　　记得上次来,他让我看装在镜框里一幅新作的画,是他自己的肖像,让我格外惊奇的是,居然是女儿为他理发之后,他用自己的碎头发粘起来的。粘完之后,他发现头发里有头皮屑,就用水洗掉后,又用胶水将带起的头发再粘上,出现了白色的痕迹,意外成就了肖像上的鬓发斑白的沧桑感。那一次,他对我说,我喜欢弄点新玩意儿。又说,现在,我最喜欢的就是画画。

这一次,他送给每个人一本《马克思恩格斯组画》的画册。这是1978年人民美术出版社出版的老书,印有八万册。里面有五十七幅色彩浓郁的油画,画了两位革命老人在各个时期的形象,生动而饱满,跃动着勃勃的生机,让人触摸得到逝去的那个时代和他自己的影子。他说,你看我那时画得多么用心!想想,这是三十八年前的作品,那时候,他五十二岁,正值当年,画面上跳跃着当时的他和那个时代的影子。他为每个人签名盖章留念,在送我的那本书的扉页上写下了:"时间在这里老去。"

趁他伏在画桌上签名的时候,我将铺在桌上的毡子的一角拍了一张照片,那一角毡子上印着他画画时留下的很多种色彩的斑斑点点,像是随意撒落的花草点点,也像是一幅米罗的画。我让他看照片,他摇摇头说我不懂现代派。我说这是您自己的作品呀!他皱起眉头想了想,又摇摇头说,我没有画过这样的画。我指着毡子说您看这不是您的作品吗,大家都笑了,他也笑了,对我说,前几天我还准备洗洗这块毡子呢!

作为作家、翻译家和画家,我觉得他更愿意做一个画家,在画家的眼里和手下,画是无处不在、无时不在的,画是他心情与心绪的一种外化。前两天,为自己的九十岁生日,他画了一幅自画像,是用水墨画在宣纸上的侧面头像,线条还是那样的流畅,浓淡之中看得出脸上的表情,逸笔疏朗的长髯之间,藏着岁月的沧桑。他笑着把画拿出来,说差点儿把这件重要的事忘了,让大家在上面签名留念。宣纸上的高莽,长髯飘飘,和遥远的年轻时候相比,是另一种风景。

屠岸先生第一个签名,望着肖像对高莽说,你这是美髯公呀!刚才在餐桌上,屠岸先生还曾经解读他的名字,说高莽的高是站在高山上眺望,高莽的莽是风吹草低见牛羊的草原莽莽一片。诗人屠岸先生的话,是最好的祝寿诗。美髯公,是这首诗的题目。

我写了一首贺寿诗:"高秋高寿照高阳,雁正高飞菊正黄。物外神游携鹤去,画中胜象就风扬。千钧译笔传俄汉,一纸裁心说宋唐。九十未随人俱老,犹能聊发少年狂。"我知道屠岸先生不仅新诗写得好,还能写一手好的旧体诗,而且是童子功,便将诗给屠岸先生看看,请他指教。他仔细看了一遍,宽厚地夸奖了我,说写得好,而且平仄都对。然后,他帮我改了一个字,将"就风扬"改为"顺风扬"。显然,顺字更为妥帖。在高莽先生九十岁生日这一天,我沾光得一字之师,算是赏花归来衣带香,一份额外的收获吧。

这天正逢霜降,深秋的节气,却让人心有一种难得的温暖。

2016 年 10 月 24 日于北京

小鸟华君武

1984年的春天，偶然间在《讽刺与幽默》报上，读到华君武先生的一则短文，题目叫《小鸟精神》，文后附有德国漫画家卜劳恩的一幅漫画。因为我很喜欢卜劳恩的漫画，曾经买过他的《父与子》漫画全集，所以格外留意华先生介绍卜劳恩这幅漫画的文章。文章很短，只有几百字，写得干净利落，且充满道义和感情。所以，印象很深，过去了三十一年，记忆犹新。

卜劳恩的这幅题为《愤怒的小鸟》的漫画，以前我没有看过，画得非常简单，只是一只猫的屁股眼儿里钻出一只小鸟的头，然后加上两个飘荡的音符。这幅漫画是卜劳恩的绝笔。由于和朋友私下议论法西斯的头领戈培尔被人告密，更由于戈培尔的亲自过问，卜劳恩被判处绞刑。这个在专制年代的残酷案件，对于我们来说有着感同身受的兔死狐悲。华先生就是知道这幅漫画是卜劳恩在临刑前一天晚上愤怒自杀前信手画出的，才对它格外充满感情。他这样写道:"一只小鸟已被恶猫吞进肚里,但是,勇敢的小鸟却在猫肚子里唱歌;恶猫虽恶,却无法禁止小鸟的思想;小鸟身处逆境,却用音符表达它的无畏。小鸟卜劳恩死了,但是小鸟精神永在。"

卜劳恩死于 1944 年 4 月,华先生的这篇文章写于 1984 年 4 月,是特意纪念卜劳恩逝世四十周年。这不仅是漫画家同行的惺惺相惜,更是对法西斯、对那个残酷年代的共同愤怒。

后来,听说在中国美术馆举办了卜劳恩漫画展。画展就是在华先生的极力主张和支持下,与德国方面共同协作,才得以成功出现在我们的面前。我看过华先生的很多漫画,但是,对他并不熟悉,读了《小鸟精神》,又知道由此连带的后续,对华先生有了一种敬重之感。

隔行如隔山,美术和文学,毕竟相隔遥远,更何况,华先生德高望重,来自延安,更身居要津,我想,我离他是很远的。谁想到,三年过后,1987 年 4 月,我收到《报告文学》编辑部转来的一封信,从信封的字迹看,像是华君武漫画中常出现的别具一格的华体,打开一看,果然是他,这令我感到非常意外。由于我写的一篇文章,命运给两条本来素不相识的平行线,打上一道有意思的蝴蝶结。信很短——

肖复兴同志:

拜读你的大作《一个普通的苏联公民》,我感到很生动。

但是,你写了尼克来怕克格勃一段,似无必要。当然,这样也可能对尼克来并不会有什么事,但为了你新交的朋友,我想不写更好些。凡事要替人家想想为好。也许我是杞人。

妥否,请参考。

敬礼!

华君武

1987 年 4 月 10 日

是 1986 年的夏天,我第一次去莫斯科,结识了一位叫尼克来的苏联人,他毕业于莫斯科大学,学的是中文,说一口流利的中文。他和我又是同龄,我俩一见如故,很快就熟悉起来,而且很说得来。他开着车带我跑了莫斯科的很多地方,还特意邀请我到莫斯科郊外他的家中做客。回国之后,我写了这篇发表在《报告文学》杂志上的《一个普通的苏联公民》,里面写了他怕克格勃的事。华先生来信批评得很对,当时,苏联还没有解体,克格勃无处不在,是应该想得周到才是。我赶紧给华先生写了回信,表示谢意。

我和华先生为期不长的通信由此开始。我发现,他不仅读我这样一篇写得粗陋的文章,还读了我其他一些文章,都来信给予鼓励。而且,他还读了不少其他文学作品,以及电影。在一封信里,他这样说:"我去年读了刘心武的《公共汽车咏叹调》和韦君宜的《妯娌之间》,深感我们画漫画(也包括一些其他画)的作者,观察生活、观察人太肤浅了。近日,看了电影《嘿!哥儿们》,也有感触。这些人,我好像从未见过似的,深感我和生活之距离。既然没有直接生活,间接生活的作品,对我也是有用的。"他面对我这样一个晚辈且并不熟悉的人能做如此自觉的自我剖析,让我感动。并不是所有他这样年龄且有这样资历的人,有这样自我剖析的精神的。想想,那一年,他七十二岁了,对于生活还是那样的敏感。不止一次,他在信中这样说:"生活是十分重要的,我因近年来工作、年龄种种关系,已感到迟钝和枯竭,常处于挣扎中。"

华先生和我通信,让我感到他的平易谦逊和自我警醒。作为他那样年龄与地位的艺术家,平易和谦逊,也许做到还容易些;但做到自我警醒的认知,还有一些自我剖析,就不那么容易了。因为那需要顽强的定力,能够起码滤除包围在周围逢迎捧场之类的膨胀与虚飘,以及心为物役习以为常的惯性和锈蚀。同样都是生活,就如同在海滨或泳池里游泳,与在真正的大海里游泳,并不完全是一回事。我想起他把同为漫画家的卜劳恩称为"小鸟",他也没有视自己为"大鸟"甚至"鲲鹏"的。如今,美术界乃至整个艺术界,自我吹捧连带借助资本和权势借水行船,请人或凭借拍卖行吹捧的风气盛行,大师更是如泛滥的小汽车一样满街拥堵。华先生也是被人尊称为大师的,但是,我想他并不喜欢这顶大草帽,而宁愿称自己是小鸟。这确实是不大容易的。如果能够再有"小鸟精神",就更不容易了。他推崇小鸟和小鸟精神,这是有些人常常忽略的。卜劳恩是小鸟。卜劳恩具有小鸟精神。

我对华先生没有进行过认真的研究，也没有和他进行过深入的交谈，我甚至未曾见过他一面。他送过我他的漫画集，也邀请我到他家中做客，并留下他家的电话；还在1995年年初，我四十八岁的本命年之前，提前为我画过一幅题为《猪睡读图》的漫画送我，因为我是属猪的。但是，我一次都没有去打搅过他。我一直以为，喜爱并尊重一位艺术家，见面不如读他的作品。距离产生美，未曾谋面，留下一种遗憾，也留下一种想象的空间。

如华先生这样一辈子画漫画（他称为小画种）的画家，让我想起作家中的契诃夫，一辈子只写中短篇小说，而从未染指长篇小说；让我想起音乐家中的肖邦，除了写过两首稍微长一点的钢琴协奏曲，一辈子只写钢琴小品。但是，艺术，不是买苹果和钻戒，个头越大越好。

今年是华君武先生一百周年诞辰，已有很多熟知他的人写过很多怀念文章，我只以一个并不熟悉者表达我对他的一点敬意，留下一点可能是熟知他的人并不知道的印迹，尽管只是先生的闲笔，却也逸笔草草，落花流水，蔚为文章。

2015年8月30日于北京雷雨中

刻进时代里的艺术

去年9月底,木刻家彦涵先生逝世的时候,不知怎么搞的,立刻想起曾经在国家大剧院里看到他的作品展览,总觉得好像就在眼前,刚刚过去不久。回家一查,才知道,那是2010年国庆节的事情,已经过去了一年的时间。那一次题为《彦涵从艺七十五周年作品展》,一百二十余幅作品,是彦涵先生一生的回顾,他将自己最后的足迹留在了国家大剧院。

在我的印象中,除了2005年在中国美术馆举办过彦涵先生九十岁回顾展之外,这么多年再未有过先生的展览。作为我国老一代版画家硕果仅存的代表人物,相较如今流行的一些在拍卖会上动辄能卖出令人瞠目高价的画作的作者,人们特别是一些年轻人,对于彦涵这个名字显得有些陌生。虽然有国家大剧院为他举办他一生最后一次的回顾展,彦涵先生也投桃报李将《豆选》等自己不同时期的十幅代表作捐献给了国家大剧院,但是,知道此事并观看这次展览的人毕竟有限。我在国家大剧院观看彦涵先生这个版画展的时候，偌大的展厅里，稀疏零落，几乎没有几个人。禁不住想起同年夏天在美国费城观看同样老年的画家——晚年雷诺阿的画展时人头攒动的情景，两相对比，感到曾经是那样为普罗大众倾心创作的彦涵先生，面对而今大众的冷漠，对于他本人而言多少是寂寞的。其实，如今，艺术世界的审美标准和艺术市场的价值系统，是极其混乱的，人们误以为某些艺术家所标榜的，拍卖行所拍卖的，市场上走俏的，媒体上频频露面的，就是真正的艺术品；以为画的价格和艺术水平理所当然是成正比。

在这样的文化背景之下，我以为对于彦涵先生在中国版画领域里的艺术成就，一直没有得到认真深入的研究、评估和推介。在中国现当代美术史上，再没有比版画更和时代密切相关并交融的艺术形式了。在鲁迅先生介绍了柯勒惠支、麦绥莱勒等一批外国直逼人心与现实的版画，倡导并寄予极大希望的中国新兴版画运动之后，中国版画的创作，一开始就介入现实，投身时代，镌刻历史风云，激发民心民情，迅速地起到先锋作用，特别是朴素直接的线条与画面，和大众最为贴近而且最容易起到呼吸相通的作用，是其他美术形式无可匹敌的。一部中国版画史，就是中国现当代用粗犷线条勾勒的历史缩影。客观地说，这部版画史是国统区和延安解放区版画家两股力量合流而成的合力，完成的共同书写。彦涵先生是活得年龄最大的版画家，也是延安解放区版画的元老级的代表人物，是中国版画的先驱和奠基人之一，研究并能重新评价他的版画成就与实际地位，特别是他的作品和时代的关系，对于梳理中国版画史和美术史，以及研究新时代中国版画的发展前景与价值，是有着重要的意义的。

彦涵先生一生横跨战争、和平，以及反右和"文革"的动荡年代，又大难不死枯木逢春适逢变革的新时期，几乎找不到几位和他一样经历了这样多时代更迭的画家了。更重要的是，在这样几乎横跨中国跌宕百年史的各个时期，彦涵先生都倾心且切肤亲历，并都有优秀的作品留世。即便在1957年被冤打成右派，艰难潦倒的情境下，他依然没有放下他的笔和刻刀。看他1957年的《老羊倌》，那羊和人彼此相依，温和又带有一点忧郁的神态，什么时候看，都让我感动，那是在逆境中一位艺术家的心境，对于这个已经错乱的世界，是那样的气定神闲，云淡风轻，跟老羊倌站一起，还扎实地紧接着地气。因此，可以说，彦涵的版画作品，就是中国现当代版画史和生活史的缩写版和精装版。

只要看看他的作品，我想人们会觉得这样的评价并不为过。抗日战争期间，《把抢去的粮食夺回来》《敌人搜山的时候》，还有在美国出版被美国人带到二战战场上去鼓舞激励美国士兵的木刻连环画《狼牙山五壮士》，记录那个烽火连年硝烟弥漫的时代，他以自己的笔融入世界反法西斯战争的洪流中。无疑，这是先生创作的鼎盛时期，他以自己的作品，记录那个时代，同时也记录自己的艺术生涯的轨迹和心迹。同时,还非常重要的,是他的作品一开始不仅和世界的反法西斯运动密切联系一起,而且和当时世界的版画艺术的勃兴和发展同步,可以明显地看出和柯勒惠支、麦绥莱勒作品的传承与呼应的关系,其艺术的先锋姿态,是其他绘画形式不能比拟的,即便是徐悲鸿的油画,当时师从的也是19世纪的油画艺术。

特别是一幅《亲人》的作品,记录了战争胜利的前夕一位八路军战士回到家乡,在窑洞里和亲人相见的情景。在这里,亲人的关系是相互的,情感是交融的,那画面中间的老妈妈和下面的孩子,在黑白简单的刻印中,滚烫的感情是那样的可触可摸,即便那个仰着脸的孩子只是一个背影,看不见表情,但依然能够让人感到那激动的心在怦怦地跳。那种粗犷线条中的细腻情感,既是相互的对比,也是彼此的融化,是战争亲历者才能够体味得到的情感。看这幅木刻的时候,我总会想起孙犁先生的小说《嘱咐》,也是写战士从战场上风尘仆仆归家探望亲人,温暖和感人至深的相会后,亲人嘱咐他上战场好好打鬼子,替亲人报仇雪恨。孙犁先生的小说是这幅木刻的画外音,这两者可以互为镜像。

解放战争期间,《豆选》无疑是彦涵先生的代表作,即使事过近七十年后的今天再来看,依然会感到先生的艺术敏感,他选择了豆选这样富于生活和时代气息的细节,完成了历史变迁中的宏观刻画,真有种举重若轻的感觉。再看他解放初期的大型套色木刻《百万雄师过大江》，则记录了一个新时代的诞生。他依然是倾心于宏大叙事，却以粗壮线条和饱满色彩的交织中，完成了自己艺术的变化。"文革"期间，他的那幅因树根过于粗壮被认为反动势力不倒而被打成黑画的《大榕树》，则记录了那个最为动荡年代暗流涌动的心情。而同在那个时期，他为鲁迅先生小说所做的系列插图，依然选择黑白木刻，颜色对比鲜明且有些压抑的画面，是他借鲁迅小说浇自己胸中块垒的曲折演绎。粉碎"四人帮"，他的《春潮》《微笑》等作品，则记录了那个拨乱反正的时代，前者是那个时代的象征，后者是那个时代的表情。我尤其喜欢《微笑》，先生选择的是少数民族的姑娘和吊脚楼，充满整个背景空间的芭蕉树，枝叶交错，铺天盖地，几乎密不透风，但借助黑白木刻故意刻出大量的留白，又由于芭蕉树叶随风灵动摇曳，让那黑白相互辉映且富有动感的线条，舞动得如同满天的礼花盛开。

一直到晚年，先生的笔依然紧随时代，2003年SARS（即"非典"）病情风行蔓延之际，他有《生命的卫士》，对白衣天使有由衷的礼赞；2008年汶川地震，他又有《生死关头》，对生命和民族相连的血脉之情有至高无上的咏叹。《生死关头》是他的最后一幅作品，想想创作它的那一年，他已经是九十二岁高龄。因此，他可以无悔无愧地将自己曾经讲过的话再说一遍："反映时代每一次历史时期的重大变化，人民的苦难斗争和他们的梦想，成为我创作的主题思想。"他说到做到了。在中国美术史起码在中国版画史上，由于年龄和其他阴差阳错的种种原因，没有一位画家能够如彦涵先生一样，如此长久地让自己的心和笔如船帆一样随时代潮流而起伏，并始终随这流水一起向前涌动，潮平两岸阔，月涌大江流。

看他的作品，我总会有一种感觉，是那种历史的流动感觉，在他作品的画面中，也在我们的身边。他的作品，特别容易勾连起人们的回忆，既是属于历史与时代的回忆，也是属于美术的回忆；连缀起来的，既是属于历史的画卷，也是属于他个人的画卷。他始终站在现实和艺术的双重前沿。即便是黑白木刻中简单的两色，便也显得那样的五彩缤纷；又由于木刻线条的分明，更显得是那样的棱角突出，筋脉突兀，如森森老树，沧桑无语，有种归来沧海事，语罢暮天钟的感受，弥漫在画面内外。

晚年，彦涵先生曾经进行变法，以抽象的线条和色块探索人性和艺术另一方天地。尽管这种探索难能可贵，但在我看来，这一批作品还是不如以前的特别是早期的作品画风爽朗醒目，更能够打动人心。在质朴干净的写实风格中，充分运用粗犷的刀工，挥洒最为直率的黑白线条，挖掘并施展极简主义的丰富艺术品质与内涵，是那样的直抵人心，那样的引人共鸣，使得雅俗共赏，让时代留影，让历史回声。这是彦涵及那一代版画家共同创造的艺术奇迹，是他们留给我们的宝贵遗产。探索版画新的发展，不仅需要前沿的眼光和新颖的技法，同时也需要回过头来仔细寻找前辈的足迹,不要轻易地将其当作落叶扫去。

彦涵先生的作品,无论是早期的写实主义还是衰年变法后的抽象主义,作为老一代画家对于新生活真诚的投入,对于艺术的内容与形式创新的渴望,依然是今天物质主义盛行、市场主义泛滥、拍卖价格至上的美术现实世界所欠缺的。彦涵先生用他一生的追求给予我们的启示,正在于让我们应该努力像他一样,剔除非艺术的杂质,用我们真诚而新鲜的笔墨挥洒今天的新生活,几十年过去之后,也能够为我们的后代留下和他一样的作品,丰富共和国历史的生活记忆和美术记忆。

古人曾说:小景可以入画,大景可以入神。在彦涵先生逝世周年的日子里,重新观赏彦涵先生等老一代画家的这些作品,很有必要。让我们也和彦涵先生笔随时代一样,有意识地努力,把小景和大景融合在一起,让我们的作品能够既可以入画,又可以入神。

2012 年 4 月 15 日于北京

雕塑上的风云

　　到成都,找成都最有名的雕塑《无名英雄塑像》,和王铭章将军的塑像。都是刘开渠先生的作品,前者创作于 1944 年,后者1939 年,后者是成都也是全中国的第一座城市街头的雕塑。马上就到刘开渠先生逝世二十周年的日子了,这样的寻找,更有意义。幸运的是,这两座雕塑都还在。落在雕塑上,有我的目光,更有岁月的风云,和雕塑本身沉淀下的感情。

　　有时候,会想,一个艺术家和他所创作的作品之间的关系,带有极大的偶然性,就像一朵蒲公英,不知会飘落何处,然后撒下种子,在某一时刻突然绽放。如果不是历史的风云际会,让刘开渠和成都有了一次彼此终生难忘的邂逅,在成都的历史,乃至在中国的雕塑史上,会出现这样具有划时代意义的雕塑吗?

　　1938 年的冬天,雕塑家刘开渠从杭州辗转来到了阴冷的成都。那时,是他从法国回国的第五个年头。日本侵华之后,国内的风云动荡,也激荡着刘开渠的心,他中断了在法国已经修习六年的雕塑学业,毅然提前回国。那时候的年轻人就是这样,都有一腔火一般炽烈燃烧的爱国热血。回国后,他在杭州的国立艺专任教。七七事变之后,他随艺专转移到大后方,来到了成都。艺专接着又转移到了昆明,这时候,正赶上妻子怀孕,他便没有随艺专到昆明,而是留在了成都,一边在成都艺术学校任教,一边陪伴妻子。

试想一下,如果不是妻子临产,他也就随艺专离开成都了,那么,他不过和成都萍水相逢,擦肩而过而已。要说,也是机缘巧合偶然的因素所致,阴差阳错地让他和成都有了不解之缘。

第二年,经熊佛西和徐悲鸿介绍,刘开渠为王铭章塑像。刘开渠知道,王铭章是川军著名的将领,刚刚过去的台儿庄大捷,举国震撼,激奋人心。台儿庄决战前,残酷却关键的滕县战斗中,就是王铭章带领官兵和日军血战五昼夜,最后高呼"中华民族万岁",和两千名川军一起全部阵亡。这样壮烈的情景,想一想都会让普通人激动得热血沸腾,更遑论一位艺术家。刘开渠为王铭章而感动和骄傲,他义不容辞,接受了这一工作。这一年,刘开渠三十四岁,正是和王铭章一样血气方刚的年龄。在为成都做第一尊雕塑时,刘开渠融入了他和王铭章一样的爱国情怀,可以说,他雕塑着王铭章的形象,也在雕塑着自己的心。

抗战期间的雕塑，与和平年代绝然不同，与在巴黎高等美术学校学习时更不一样，不仅材料匮乏，而且还要面临日军飞机的轰炸。从一开始，刘开渠的雕塑便不是在风花雪月中进行，而是与民族命运血肉相连，和时代风云共舞，这让他的雕塑有了蓬勃跃动的情感和血与火的生命。

　　那时，刘开渠点起炉火，亲自翻砂铸铜，开始了他的工作。他为王铭章将军塑造的是一个军人骑着战马的形象，战马嘶鸣，前蹄高高扬起，将军紧握缰绳，威风凛凛，怒发冲冠。他能够听得到那战马随将军一起发出的震天的吼叫，感受到将军和战马身旁的战火纷飞。还有的，便是炉火带风燃烧的呼呼响声，头顶飞机的轰鸣声，炸弹自空而降的呼啸声。

　　在雕塑期间，敌机多次轰炸，为他做模特的一位川军年轻士兵，为他做饭的厨娘，先后被炸死。这一切没有让他动摇和退缩，虽然妻子和新生的婴儿需要他的照顾，但王铭章和两千名川军的壮烈阵亡，还有眼前的士兵和厨娘的死，都让他愈发激愤在胸，欲罢不能。他也许会想起，刚刚从法国归来，在蔡元培的陪同下，他去拜访鲁迅，鲁迅对他说过的话："以前的雕塑只是做菩萨，现在该轮到做人了。"他现在做的就是人，一个代表着他自己也代表着全中国不屈服的同胞的顶天立地的人。

　　王铭章将军的塑像完成之后，立于少城公园，全成都人瞻仰。塑像为青铜材质，这在当时还很少见到，中国以前的塑像，大多为石头或泥塑。塑像高一丈二，基座宽四尺，高三尺，四周刻有"浩气长存，祭阵亡将士"的大字。巍峨的塑像，一下子让成都雾霾沉沉的天空明亮了许多。这是刘开渠为成都雕塑的第一尊作品，也是成都街头矗立起来的第一尊塑像。

不仅在成都，在全国的城市里，它也是第一尊立于街头公共空间的青铜塑像。因为和西方拥有城市雕塑的传统完全不同，我国没有这样的传统，我们的雕塑，一般只在皇家的墓地和花园，或庙宇里，马踏飞燕、秦陵六骏，和菩萨观音弥勒罗汉，曾经是我们的骄傲。刘开渠的这一尊塑像，是撒下的第一粒种子，不仅是成都而且成为全国城市雕塑的开先河之作。

可以毫不夸张地说，这是一个创举，在美术史尤其是中国雕塑史上，具有重要的意义。城市雕塑，不仅美化环境，增添了城市的人文色彩，拓宽了城市公共空间的功能，可以为市民观赏或瞻仰，具有潜移默化的审美与教化功能，更重要的是，城市雕塑是一座现代化城市必不可少的硬件之一，是中国传统都市向现代化迈进的象征物之一。从这一点意义来讲，这实在是刘开渠的骄傲，也是成都的骄傲。历史，给予了一位艺术家和一座城市一个共同的机遇。

更为难能可贵的是，刘开渠并非只为成都立了这样一尊塑像。虽然他并非成都人，只是流亡经过成都的过客而已。如同一只候鸟，季节变化时，他毕竟还是要飞离这里的。只是，刘开渠和成都的不解之缘，却让他几乎一生都没有和这座城市隔开过。这就是奇缘了。

据我不完全统计，刘开渠一生为成都做的城市塑像共有如下十一尊——

1939年，为王铭章塑像，立于少城公园。

1939年，为川军将领饶国华塑像，立于中山公园（新中国成立后的劳动人民文化宫）。饶为一四五师师长，1937年与日军作战，广德失守时自尽殉国，留下遗书：广德地处要冲，余不忍视陷于敌手，故决心与城共存亡。他死时年仅四十三岁。

1939年，为蒋介石塑立像，立于北校场内当时成都军校。塑像高八米，基座五米。新中国成立后被销毁。1969年，在原塑像旧址立毛泽东水泥塑像。

1943年，为尹仲熙、兰文斌、邓锡侯塑肖像，立于少城公园。

1944年，为无名英雄塑像，立于东门城门洞内。

1945年，为川军阵亡将领李家珏塑骑马像，立于少城公园。

1948年，为孙中山塑像，立于春熙路。这是为孙中山第二次塑像，第一次，1928年塑的中山装立像。这一次，刘开渠设计为长袍马褂手持开国文件的坐像。

新中国成立后，为杜甫塑像，立于杜甫草堂。

晚年为成都塑的最后一尊塑像是李劼人半身塑像，立于李劼人故居。

在这里，无名英雄塑像最为有名，是刘开渠的代表作，也是成都历史记忆的象征。像高两米，底座三米，无名英雄为川军士兵的形象。据说当时找来了川军幸存者，一个叫张朗轩的排长，为刘开渠做模特，他身穿短裤，脚踩草鞋，背挎大刀和斗笠，手持钢枪，俯身做冲锋状。当时，成都文化人士发起建造川军抗日纪念碑，塑像赶在 1944 年的七七事变纪念日落成，所以又叫抗日纪念碑，碑文刻有"川军抗日纪念碑"的字样。这几乎成了成都标志性的雕塑，可惜毁于"文化大革命"之中。1989 年，年过八十的刘开渠重新操刀指挥他的弟子再造塑像，立于万年场路口。2007 年 8 月 15 日，塑像立于祠堂街的人民公园大门前。

那天，我去瞻仰这尊无名英雄塑像，它身后是公园的繁花似锦，身前是大街的车水马龙，都市今日的喧嚣与繁华一览无余。塑像前挤满了停放的自行车，挤过去到那碑座前，看见上面刻有几行文字，大意为当年四川十五六人中就有一人上抗日的前线，参军者共有三百零二万五千人，川军牺牲的将士占全国总数的五分之一，阵亡人数二十六万三千九百九十一人，伤六十四万人。看到这些数字，再来看眼前的这尊塑像，会为当时无畏的川军心生敬仰，也为当时的刘开渠喝彩，似乎能够听到塑像的怦怦心跳，也能听见刘开渠的澎湃心音。

作为我国现代雕塑特别是城市雕塑的奠基人,刘开渠对于成都的感情,让人感动。20世纪80年代,作家李劼人故居开幕之前,成都派人拿着区区几千元的费用,进京找刘开渠,希望他能为李劼人塑像,看刘开渠垂垂老矣,再掂掂袋中可怜巴巴的钱,生怕刘开渠婉辞。谁想刘开渠开口说道,没有问题,但我有一个条件,就是不能拿一分钱。然后,他说起年轻时在法国留学期间的一件往事。当时,他和李劼人,还有成都籍的数学家魏时珍一起在那里求学。有一天,魏时珍病了,李劼人开玩笑对魏时珍说,你病得先死,我为你写墓志铭。魏时珍不服气,与李劼人争辩起来。最后,刘开渠对他们两人说:我比你们两人都年龄小,还是最后由我来为你们塑像吧。如今,一语成谶,为李劼人塑像,便成了刘开渠义不容辞之事。

　　如今,李劼人汉白玉的半身塑像,成了刘开渠与李劼人友情的见证,也成为刘开渠对于成都一生挥之不去感情最后的见证。他在为成都雕塑,也在为自己雕塑。如今,他不在了,有一天,我们都不在了,他的雕塑还在。

　　如今,在成都,能够看到刘开渠的塑像,还有孙中山的坐像,依然立在春熙路上;王铭章的骑马塑像,改立于新都的新桂湖公园;杜甫和李劼人的塑像,依然立在原处。想想,多少有点遗憾,如果能把刘开渠为成都所造的那些塑像,都立于成都的街头,那是一幅什么样的景观。那里面有成都自己的历史,也有中国城市雕塑初期最可宝贵的历史呀。那会为如今繁华的成都街头增添多少历史与文化的色彩,能够让我们临风怀想、遐思幽幽呀。

2012 年 3 月草于成都,12 月改于北京

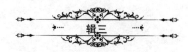

辑三

周信芳和梅兰芳

今年是周信芳一百二十周年诞辰。上海朱屺瞻艺术馆准备举办纪念周信芳的活动,其中一项便是搞一个周先生演出过的京剧戏画画展,邀请画家每人画三幅国画,居然邀请到我的头上。我不是画家,只是京剧爱好者,是周先生的粉丝。他们大概看到我写过关于戏画和京剧艺术的评论文章,和随手画的几幅不成样子的戏画,便希望我加盟,添只蛤蟆添点儿力。

我很有些受宠若惊,自知画的水平很浅薄,但为表达对周先生的怀念和尊敬之情,还是画了三幅:《海瑞罢官》《打渔杀家》《乌龙院》。都是周先生曾经演出过的经典剧目,其中《海瑞罢官》让周先生吃尽苦头,以致在"文革"中坐了大狱,命丧黄泉,艺人如此命运,自古罕见,令人唏嘘。想周先生一生演出过的京剧多达六百余部,在多少戏中,将流年暗换,把世事说破,无限的颠簸和沧桑,在戏中都曾经经历过,却不曾料到自己的命运,比戏中的海瑞甚至所有悲惨的人物还要悲惨。

面对自己这三幅拙劣的画作,心里忽然戚然有所动,画面上毕竟都是周先生曾经演出过的剧,便恍然觉得上面似乎有周先生的身影浮动,真是感到戏戏如箭穿心,不大好受。

我对周先生没有什么研究,但清晰地记得在读中学的时候,曾经看过他主演的电影《四进士》,当时电影名字好像叫作《宋世杰》。他那嘶哑沧桑的嗓子和老迈苍劲的扮相,尤其是面容,冰霜雕刻了一般,他留给我的这种印象,一直定格到现在。对比当时和他一样正在走红的梅兰芳那富态的身态和面庞,优雅而韵律十足的步履与神情,印象便格外深刻,觉得一个是晕染浸透的水墨画,一个是线条爽朗的黑白木刻。当然,梅先生是旦角,自然要雍容娇贵些,但对比同样唱老生,而且也演出过《打渔杀家》等同样剧目的马连良先生,也没有周先生那样一脸的沧桑。马先生当年更多是俊朗、老到和潇洒,周先生是一个字:苦。这只是一个中学生的印象,不知道为什么当时我会生出这样的印象。

不知道是否有人曾经将周信芳和梅兰芳做过比较戏曲学方面的研究。他们不是一个行当,却是同科出身,又是同庚属马,且在当时都曾经风靡一时,影响颇大,磨亮师承和创新双面锋刃,将旦角和老生并蒂莲一般推向辉煌,形成自己独属的流派。在京剧的繁盛期和变革期,流派在京剧史上的位置与作用非常。其中,麒派和梅派,各领风骚,影响一直蔓延至今。细想起来,流派的纷呈与崛起,不仅是以独到的唱腔和做工为标志和分野,更是以各自演出的剧目为依托的。前者,如果说是流派的外在醒目的色彩,是内在生命流淌的血液;后者,则是流派存在并矗立的筋骨。

想到这一点,我忽然觉得这样的比较学,或许有点儿意思。

梅兰芳的经典剧目,是《贵妃醉酒》《霸王别姬》《嫦娥奔月》《黛玉葬花》《凤还巢》《洛神》,还有泰戈尔访华时看过的《天女散花》等。周信芳的经典剧目,是《四进士》《徐策跑城》《萧何月下追韩信》《鸿门宴》《打严嵩》《文天祥》《史可法》,还有置他于死命的《海瑞罢官》等。从剧目名字中可以看出,梅兰芳演的戏大多是文戏,虽然杨贵妃、楚霸王,历史中实有其人,但剧目虚构的成分多些,天女和洛神这样的浪漫派多些,抒情成分多些。周信芳的戏,人物大多是历史真实的人物,且都是那些充满正气和大气的人物;事件是历史的重大事件,特别是在抗日时期演出的《文天祥》和《史可法》,"文革"前演出的海瑞戏,都有着拔出萝卜带出泥的湿漉漉的浓郁现实感,多是发正义之声,鸣不平之声,有着明确的靶向性,有着厚重的历史感,关乎着民族的志向,现实主义的成分多些,言说的成分多些。

从表演的样态来看,梅兰芳和周信芳各自走的路数,也不大一样。梅兰芳身边簇拥着一批文人帮助他写戏,使得他的戏更注重戏剧本身的内化,亦即一口井深掘,戏内人物的情感挖掘多些,讲究精致和细腻。在如贵妃醉酒和霸王别姬的瞬间化简为繁,滴水石穿，渲染敷衍为艺术；在天女散花和黛玉葬花这样几乎没有什么戏剧性的地方，点石成金，演绎出精彩的戏来。因此，梅兰芳的戏更具有文人化、情感化、抒情性和歌舞性的特点，将京剧推至艺术的巅峰。

周信芳的戏，更多人物性格是在历史关键时刻出彩，人物命运是在历史跌宕中彰显。他的戏剧性，虽然也在徐策跑城的"跑"和追韩信的"追"上做文章，但一般不会浓缩在瞬间，然后慢镜头一样蔓延、渗透、展开和完成，而是如长镜头，在时间的流淌中，如竹节一节节地增高、长大，最后枝叶参天。无论徐策的"跑"，还是韩信的"追"，在"跑"和"追"这个过程中，展现的人物的心情，都是为了最后达到参天的顶点而张扬凛然之气，而不会过多强调"跑"和"追"中的舞蹈性与抒情性。

这样的选择，使得他戏内与戏外的关系密切又紧张，戏内的戏带动戏外的延展，人物和时代贴合，戏剧行为和现实行为流向一致，观众的艺术享受和心理感应并存。因此，周信芳的戏更多不是来自文人手笔，而是借鉴传统剧目改编，借古讽今，借助钟馗打鬼。他的戏更具有民间性和草根性、历史感与现实感，具有史诗性。

如果将梅麒两派和西洋音乐做一个不对称也不确切的对比，在我看来，梅兰芳有点儿像肖邦或舒曼，周信芳有点儿像贝多芬和马勒。这样的对比，不是说孰优孰劣，实际上，他们的戏码也有交叉,还曾同台演出,始终惺惺相惜,是梨园的双子星座。这样的比较,只是想说在京剧的繁盛期特别是在京剧的变革时期,梅麒二派起到的作用,真的是各有所长、无与伦比。而且,在梅兰芳的身旁有四大名旦,虽风格各异,却相互依存,彼此烘托,引领一代风光;在周信芳的身旁,则有马连良和他走着大同小异的艺术之路,彼此呼应,相生共荣,谱就时代辉煌。事实上,这是京剧变革的两大流向,两大艺术谱系。因此,这样的对比与研究,便不止步于梅麒个案,而关乎一部京剧发展史中现当代的重要部分。

当然,周信芳表演艺术,不能仅仅简化为沙哑的唱腔与主旨的史诗性。为了达到史诗般的效果,为了塑造人物的真实性和生动性,他不过是将本来弱项的嗓子,化腐朽为神奇,塑造成自己艺术的一种组成部分。如今硕果仅存的麒派掌门人陈少云先生,就曾经讲过:并非嗓音沙哑就是麒派,麒派艺术讲究"真",戏假情真,对于节奏的处理出神入化,快慢、强弱、长短,舞台上的一动一静,细到一个眼神的运用,举手投足都充满了节奏。陈少云先生特别强调,要学习麒派艺术,首先要用心体会人物,在唱念做打这些基本功方面做扎实。

这不仅是经验之谈,更是知音知味之谈。比如在《宋世杰》中,宋世杰从二公差的包袱里盗得田伦的信件一场,不过一句台词:"他们倒睡了,待我行事便了。"然后,就把书信盗在手中,紧接着是读信了。其中宋世杰是如何盗得信的,盗信时的心情如何,读信时的心情又如何，完全靠周信芳自己的表演，并没有道白和唱词，仅仅到了真正读信中的内容时，才有了唱段。这就是周信芳的本事了。他能够在这样细微的地方，展示他的艺术，而这种艺术不仅是为了表演，更是为了展现人物的心情，从而塑造人物的形象。如今，我们的演员，并不缺乏对前辈惟妙惟肖以及亦步亦趋的模仿，却缺少这样艺术的表现力和创造力。

这样想来，有时我会觉得对于麒派艺术，我们的总结、学习、继承和发扬，显得不够充分，甚至存在明显的断层。在梅麒二派之间，如今学梅派的弟子远多于麒派的后人。对梅兰芳的研究，更丰富些，兴奋点更多些；对周信芳的研究则稍微欠缺些。想伶官传在旧时史部里是专设部门来做的，其价值和意义，可列比王公贵族。希望对周信芳的研究和言说，能够更多些，更新些，更深些。无疑，这是对周先生最好的纪念。

2015 年 2 月 28 日于北京

荀慧生和萧长华的枣树

　　又去西草厂和山西街,是想看看萧长华和荀慧生的故居。上一次来这里,还是十多年前的事情了。

　　想穿过教佳胡同,就可以先到西草厂。忽然看到西侧一片高楼耸立,院门上有"四合上院"的字样,心想原来高楼也可以叫四合院,伦常都乱了套,名不副实就更可以习以为常。再看高悬于楼墙体上的门牌,竟然写着山西街,这让我不禁大吃一惊。教佳胡同和山西街相隔着棉花片的好几条胡同和裘家街北边的半条街呢。四合上院威风凛凛地占据了这一片老胡同,莫非连同山西街也已经拆除干净了?

　　赶紧顺着四合上院的北墙根往西绕,四合上院的北侧是一片开阔的空地,椿树园小区的住宅楼已经露出来,和四合上院迎面相对。也就是说,原来的西草厂街东边的半条街,也已经履为平地。十来年,仅仅十来年的光景,真的像崔健唱的那样:不是我不明白,这世界变化快!

　　先去山西街找荀慧生故居,知道它不会拆,因为是区文物保护单位,只是不知道来了四合上院这样一位庞然大物的新邻居之后,它会是一种什么样子。

　　四合上院的西侧是宽敞的停车场,山西街仅仅剩下了西侧的半扇,以低矮和单薄的身子对峙着四合上院的高楼。由于四合上院的地势下沉了一些,山西街高出几十厘米,出现一整截高台,成了两个区域之间的一道分割线。往南走不远就看见荀慧生故居一溜东墙,是山西街鹤立鸡群的部分,猜想如果不是因为有它,整条山西街恐怕保不住了。它院墙的北侧,原来是一个夹道,可以通往铁门胡同,现在已经被拦腰截住,盖起了小房。故居的墙体全部刷成铁灰色,十多年前的黑色大门,被新漆成红色,门楣上方有"山西街甲十三号"几个金字。蹲在大门口两侧的抱鼓石门墩还在,和大门红白相间,格外醒目。

　　上一次来这里的时候,是冬天雪后的黄昏,胡同虽然破败不堪,整体的肌理还在,多少能够看出是自明朝以来延续下来的老胡同的样子,只是有些院落被拆得七零八落。黑漆大门紧闭,院子里传出狗吠,胡同里有老街坊走过来,告诉我荀先生一直在这里住到过世,说荀先生人不错,见到邻里街坊的,从来都会点头打招呼;"文化大革命"中,荀先生落难,在这条胡同里打扫卫生,人们见到他,也会主动和他打招呼。他们摇摇头说:你说,一个唱戏的,招谁惹谁了,非得把人家整死?

这一次,没有看见老街坊,看到一位停车场看车的,见我坐在故居大门前的高台上画画,走过来看,和我聊了起来。他是从河北定州来这里谋生的四十多岁的男人,每天在这里看车,对院子里的情况挺了解的。我问他知道这个故居要出售的事情吗,我在网上看到,出售价格在七千万元左右。他告诉我,听说了,也听说他们家的孩子意见不一致,有同意卖的,有不同意卖的。不过,昨天还有一家专门经营四合院生意的公司来这里看房子呢。现在,就是荀慧生的一个儿媳妇住,老太太都七八十岁了,她刚出去买菜,一会儿就回来了。

这时候,一辆三轮老年代步车开了过来,停在故居门口。从车上跳下来两个人,打开红漆大门,径直走进了院子。我问看车的汉子,他们是荀家人吗。他告诉我,不是,荀家出租了院子里的一间房子,是一家什么广告公司,他们是公司的。然后,他指指院墙最北边说:就是那间。

荀慧生故居,东西长二十五米,南北长三十三米,院子不是典型老北京四合院的格局,但每个房子之间有回廊连接,西头有个花园。据说,荀慧生当年喜欢种果树,亲手种有苹果、柿子、枣树、海棠、红果多株。到果子熟了的时候,会分送给梅兰芳等人分享。唯独那柿子熟透了不摘,一直到数九寒冬,来了客人,用竹梢头从树枝头打下邦邦硬的柿子,请客人就着冰碴儿将柿子吃下,老北京人管这叫作"喝了蜜"。想想那时候的情景，再看看眼前的样子，让人不禁心生"棋罢不知人换世，酒阑无奈客思家"的感慨。

看车的汉子告诉我，如今院子里只剩下两棵树，一棵柿子，一棵枣。枣结得挺多的，前两天，刚打过一次枣。我抬头一看，那棵枣树就紧贴院墙后面，高高地探出头来，枝叶间还有颗颗红枣在阳光中闪动。

原来，起码十多年前，我来这里时，山西街和西草厂街呈T形。现在，因为四合上院，西草厂街只剩下西边盲肠般的一小段。山西街和西草厂街呈现阿拉伯数字的7字形了，从荀慧生故居折回到西草厂街往左手方向即西边一拐，就到了萧长华的故居——西草厂街88号。看门牌是88号，说明当年这条街起码有近百户，而如今已经没有几户人家。

没有想到萧长华故居如今如此的破败。1939年，萧长华全家搬到这里，这条西草厂街比山西街要长要宽，它西从宣武门外大街，东到南柳巷，有一里多地长，宽有六米多。萧长华全家住的是东西两个小四合院，东西共长二十四米，南北宽二十二米，面积比荀慧生故居要小。但两个小院很规整，正房、厢房和倒座房，围起中间方方正正的庭院，属于老北京那种"天棚鱼缸石榴树"的典型四合院。大门口有两座方形石门墩，门上有"积善有余庆，行义致多福"的门联，门楼上方有冰盘檐，檐上有女儿墙。门对面的影壁

232

墙上有刻着"平安"二字的长方形砖雕镶嵌。如果是夏天,进得门去,门道两侧爬满爬墙虎,绿意葱茏,生机盎然。

如今,上哪里寻找小院这样的图景?不要说现在,即使是十多年前,我曾经来过这里多次,已早无当年的踪影。那时,因为建椿树园小区,不仅拆掉了整个椿树胡同一片老街巷,西草厂街的北面半扇也已经被拆光。十多年前,沃尔玛超市在这里开张,开门见山,正对着萧长华故居。新的资本的气宇轩昂,与日渐凋零的萧长华故居,相互对视,真有些不伦不类,却是那时真实的写照。我们一直讲究并推崇的老北京文化,与新的商品经济时代发展之间,形成了力不从心的对抗。于是,不仅是一条西草厂街,大批的老北京老巷毁于一旦,其实都是近些年的事情。萧长华故居,只是挂上了一块文物保护的牌子,而院子却是越来越破旧,几乎无人问津,不知道由谁来管,它以后命运如何。

我走进故居,只见到西边的小院,正房、厢房和倒座房还在,但已经没什么人居住,杂草横生,蛛网垂落,只有流浪猫在房上房下乱窜。小院中间堆积着山一样乱七八糟的东西,几乎成了垃圾堆。忍不住想,两个院子,当年是萧长华先生教授学生学戏的场地。萧长华先生不仅是名丑,而且是一位京剧教育家,新中国成立前在富连成,新中国成立后在北京戏校,他都起到了至关重要的作用。他带出了一批学生,多少学生曾经在这里跟他学过戏。如今的院子竟然成了这样子,真的让人扼腕蹙眉。我们盖商品楼,盖商业大厦,舍得花钱,就舍不得花钱修一下萧长华故居,给那些爱好京剧的和爱好老北京文化的人一个心存念想的地方吗?

想一想,十多年前,西草厂街周围还没有那么多的高楼大厦,十多年后,高楼大厦平地而起。只是,十多年后,萧长华故居,比十多年前还要破败不堪,像被遗弃的孤寡老人一样,孤零零地垂立在商厦和商品楼的包围之中。走出故居大门,我的心里一阵酸楚。

忍不住回头又望望,想起来了,院子里那株老枣树,十多年前就在,十多年后还顽强地立在那里。那是萧长华先生亲手种的枣树,居然有着这样强大的生命力。它和荀慧生故居里荀先生亲手种的那株老枣树一起,给我一些慰藉,让我心存一些希望。或许,它们就是荀慧生和萧长华的影子,或者是他们的游魂,至今依然飘荡在西草厂街和山西街的上空。

2016 年 9 月 7 日于北京

程砚秋和《锁麟囊》

谨以此文纪念程砚秋先生一百一十周年诞辰。

——题记

《荒山泪》《春闺梦》《锁麟囊》,都是程砚秋的拿手戏,但在我看来,《锁麟囊》最好。恐怕在程砚秋的心里,这出戏的分量也是最重。否则,他不会垂危在病床前,上级领导来看他,他还是执着地提出希望这出戏能够解禁。这出戏自新中国成立以后就被扣上了"阶级调和论"的帽子,一直没有演出,这成了他的一个至死未解的心病。

如今,看不到程砚秋当年演出《锁麟囊》的影像资料。20世纪60年代为保留名家演出剧目,拍过一些电影,程砚秋拍的是《荒山泪》。这成了千古的遗憾。唯一能够听到的是他的演唱录音,《锁麟囊》是1946年的录音,正是他最好的年华。现在,亡羊补牢已晚，只好用他的录音，配今日演员的表演，叫作音配像，勉强唤起人们对昔日的一些残破不全的记忆和想象。

戏罢不觉人换世，如今，《锁麟囊》成为久演不衰的一出戏，《荒山泪》和《春闺梦》很少再演。世人和时间双重的淘洗，让好戏如好人一样不会被埋没而能够经久流传。这便叫作时序有心，苍天有眼，人心有秤。只可惜程砚秋已经不在。今天，看这出戏，张火丁的最为火爆，只是票价上千元，有些贵，我选择的是看迟小秋的。论扮相，迟不如张，迟的身材稍显矮些，不如张在舞台上那样袅袅婷婷。不过，迟的表演和唱功不错，她师从王吟秋先生，且正当年，演绎薛湘灵的人生沧桑和内心的浮沉，骨肉相随，不流于表面。我也看过李世济的一折，毕竟年老了，老态龙钟，再如何演唱，都不大像薛湘灵，而像薛湘灵的姥姥。

《锁麟囊》这样一出近人写的戏，能够成为经典，不容易。之所以能够成功，除了程砚秋的唱腔和表演出色之外，更在于剧本写得好。这得归功于翁偶虹先生。首先，这个题材选得好，是一种艺术的选择，而非出于对时令的躬逢，或对权势的讨好。他将一个富家女薛湘灵和一个贫寒女赵守贞，在世事沧桑和命运跌宕的变化中，位置颠倒，贫富互换，然后显示各自的心灵与人性，触摸到人性柔软美好的那一面，让人体味并向往人生值得珍存的一种中和蕴藉的东西，这东西才价值连城，让人有活下去的依靠，让人生有得以延续下去的根基。

记得美国作家奥茨在论述长篇小说创作时曾经说过，一定要把人物放在一个长一点的时间段里，因为有时间的变化才有命运的变化，才最能揭示人心和人性，以及性格。这是经验之谈，没有时间的跨度，便没有人性的深度。《锁麟囊》所达到的人性深度，起码在近人所编的戏中，难以匹敌。近读中国戏曲学院傅瑾教授所言："如果说梅兰芳走的是古典化的道路，程砚秋则走的是人性化的道路。这两条道路构成了京剧旦行最为独特的方面。"他总结得很对。可以这样认为，程砚秋在20世纪40年代京戏变革中所展现的姿态和所取得的成绩，多少要超过四大名旦其他几位一些。其中，无疑《锁麟囊》为程砚秋立下汗马之功。

　　《锁麟囊》剧本写得好，还在于它写得像戏，遵循的是京戏的规律，而不是如现在我们有的新派京剧想当然的编造，天马行空的挥洒，借助声光电现代科技的舞台背景的炫目。这样的戏，只见戏的大致框架，不见细微感人的细节。看《锁麟囊》，开头"春秋亭"一折，赠囊的戏写得一波三折，而不是草草地把囊送出去完事，匆匆赶路一般将戏的情节只处于频频交代之中。先是送钱，后是送物，都被拒绝，最后将囊中的珍宝拿出，只送囊，权且留个纪念。层层剥笋，层次递进，最后剥离了物的存在的囊，便成了比物更珍贵的情意与人性的明喻。写得真的是细致入微，将两位人物的心理性格活脱脱地写出来。富者实在是出于真心的同情，贫者却守住贫而不贱的底线，一个囊的道具运用得淋漓尽致，这个道具成为命运的一种象征物和戏的一种悬念,留存在下面的戏中呼应和发展。

薛湘灵和赵守贞的劫后重逢,与春秋亭中第一次雨中相遇,大不相同。如此重逢,该如何去写?想起当年我考中央戏剧学院时的写作题目便是《重逢》。重逢,从来都是写戏的裉节儿之处,可以衡量一个人会不会写戏。《锁麟囊》中将第一次相遇和后来的重逢,分别放在大雨和洪水劫后的背景中,让大雨和洪水不仅成为剧情发展必备的情节因素,更是人性中天然命定的一种隐喻。如果不是大雨,她们不会相遇;如果不是洪水,她们不会重逢。但如果一切都不存在,也就没有了丰富复杂的人生。人生所有的困惑和哲理,有时都存在于偶然之中,命运的大手偶然挥舞的一拐弯,大让历史、小让个人的命运,都会发生天翻地覆的变迁。

再看"三让椅"一折,用的方法和赠囊一样,也是一波三折,表现的手法却有了变化,不再是赠囊那样从情出发的深沉,而是改用以趣为主,让人忍俊不禁,让人替薛赵二位会心会意,其创作手法的多样性,令人击节。

当然,唱词的妙处,也是其中要义之一。最初听到"春秋亭"那一段:"耳听得风声断,雨声喧,雷声乱,乐声阑珊,人声呐喊,都道是大雨倾天。"觉得真的是好,紧促的短句,一连五个"声",如五叠瀑一样,一路跌落而下,溅得水花四射,让水流迤逦而来,好

238

不流畅。再听薛赵重逢时薛的另一唱段："这也是老天爷一番教训,他教我收余恨,免娇嗔,且自新,改性情,休恋逝水,苦海余生,早悟兰因。可怜我平地里遭此贫困,我的儿呀,把麟儿误作了自己的宁馨。"依然是一连串紧促的短句,大珠小珠落玉盘,清越深沉,很是动人。前后句式的呼应,造成了衔接和对比,让戏的情节在唱腔中回环曲折,婉转流淌,实在是这出戏的妙处所在。据说,这两段叫作"垛句"的唱段,是按程砚秋要求做的,他对艺术自觉的追求和灵性的感悟,为这出戏锦上添花。

这出戏这两处唱段,在我看来最为精彩。再加上最后戏中薛湘灵飘逸灵动的水袖,构成了戏的表演的华彩乐章,让戏中的人物和情节,不仅只是叙事策略的一种书写,还成了艺术内在的因素和血肉,让内容和形式,让人物和演唱,互为表里,融为一体。这才是真正的京戏,为演员提供了充分表演的空间。在这方面,迟小秋的演出很精彩,起码一点不比张火丁差。

记得那次看完《锁麟囊》之后的第二天,还是到长安戏院看戏,依然坐在楼上,依然看见北京市前副市长张百发坐在楼上第一排的中间,他是个戏迷,在长安戏院常能看到他,并不奇怪。演出开始没多久,看到一个矮小的女人摸黑走了过来,坐在他的身旁,陪他看戏,不时还交头接耳几句。细看,是卸了妆穿着便装的迟小秋。忽然发现,她和在舞台上光彩照人的薛湘灵完全不一样。心想也是,戏台上的人物和戏台下的演员,本来就不是一个人。看戏,看戏,看的是戏台上的人物。他们和现实拉开了距离,却显得比现实更真实而感人。

那时心里暗想,如果是程砚秋先生脱下戏装,从台上走下来,一直也走到眼前,会是什么样子?

2014 年 1 月 5 日于北京

花飞蝶舞梁谷音

　　上海昆曲团成立三十年，要到北京演出，听说这消息，我早早一个多月前就买好了票，其中最想看的是梁谷音的《蝴蝶梦》。

　　我对昆曲一窍不通，也不想跟随如今新潮的昆曲热凑热闹。昆曲名角众多，却因见识浅陋，只知道一个梁谷音。之所以记住了她，缘于几年前读过她的一则文章，印象很深，说她2001年在美国华盛顿索米博物馆，不愿意在博物馆安排好的小剧场里演出，偏选在小小的展厅里演了《琵琶记》里"描容"一折。只是一人一笛一鼓，没有舞台，甚至没有任何布景，也没有字幕翻译，却演得那帮美国人都看懂了，不仅看懂了，而且还随着赵五娘为婆婆描容来祭奠的悲悲戚戚的感情起落而潸潸泪下。这样的情景，很让我着迷，很是向往，充满想象。梁谷音究竟有什么样的魔力，可以将一曲昆腔如此出神入化，穿越时空，沟通起不同文化背景人们的心灵？

《蝴蝶梦》是一出清人的剧,旧时叫《大劈棺》,说有迷信和黄色内容而被禁演。其实,它不过借庄子说事,将一则庄周梦蝶的故事重新演绎,其中对于爱情与婚姻的质疑,颇具后现代意味。今天看来依然具有清新撩人的醒世味道。庄周最后唱"万古大梦总相如",真的是现代故事的古装版,今古交替,充满反讽,互为镜像。梁谷音饰演的庄周的妻子田氏,第一场"扇坟",一出场破扇遮脸优美碎步的亮相,就赢得了满堂彩。确实精彩。爱情失去了信任,猜疑和试探成了家庭的主旋律,庄周荒诞装死,化作翩翩美少年楚王孙,充作庄周的学生,找上门来,图谋与师母玩一段师生恋,庄周便以此来考验妻子一番。果然立马奏效,田氏一见钟情,恨不相逢未嫁时,乃至为救心上人王孙的性命,不惜举斧大劈棺取先夫的脑仁用上一用,真可谓将情与爱、性与欲推向极致。梁谷音将这样一个性格复杂、内心丰富、情感大起大落的妇人,演得花飞蝶舞、鸟啼梦惊,如此风姿绰约,曲净天青。

舞台剧与影视不同,无法出现大特写,一般观众看不大清演员的面目表情,更不会如纸面的小说,可以铺陈大段的心理描写。这就要看古典舞台剧演员演出的魅力了。最让我惊叹的是梁谷音能够将看不见的心理和心情演绎得惟妙惟肖,如状目前,看得见,摸得着。这真是本事。她唱功曲折与微妙,我不懂,但看她身段与台步、水袖和眼神,真的是一枝一叶总关情,似乎都会说话,都长着眼睛,都绽开着笑靥。一招一式,拈襟揽袖,曳裙拖裾,带动得整个舞台跟随着她一起婆娑摇曳，柔柔软软，飘飘欲仙。

别看舞台朴素至极，几乎没有什么新奇和高级的装置，演员也没有浩浩荡荡的人马，一共只是四个人演出，却令舞台充满气场一样，满满盈盈荡漾着的都是戏的神韵和魂儿，咫尺天地，无限江山。

梁谷音善于运用手里的小道具，扇子、红纱、喜花，乃至最后出现的斧头，都被她不费吹灰之力，表达出了她的另一种表情和风情，彻底地化作属于她自己的一种艺术创作。特别是那一方透明的红纱，袅袅婷婷，让她上下左右、胸前身后、眼前嘴中、地上地下，翻飞得如同一个火一般燃着的精灵，让我忍不住想起理查·施特劳斯根据王尔德的《莎乐美》改编的歌剧里的那段"七重纱"舞。两者有着异曲同工之妙。借助它们，将一个闺中寂寞难禁、春心荡漾、欲火中烧、于心不甘又急不可耐、万千风情又敢于叛逆而铤而走险的妇人，拿捏得恰到好处，勾勒得须眉毕现。那种含情欲说、媚眼相看、心事难付、情绪如蛇一样盘结的错综复杂，那种从含羞、哀怨到娇憨到放纵的系列情感的喷薄而出，大写意的水墨画的墨汁淋漓的洇染一样，一点点层次分明地呈现出来，将简单的舞台舞动得风生水起。

想想在华盛顿她演出的"描容"，能够令那么多美国人动容，也就信服了。

真不敢想象梁谷音竟然已经是六十六岁的人。这就是戏剧的魅力。它混淆了现实与艺术的界限,让一个演员永远年轻,而将年龄消融于舞台虚拟与梦幻之中。散场后的北京,月白风清,夜空如洗,难得的清爽,总还想起谢幕时梁谷音将观众献给她的鲜花又使劲抛向观众席的情景,心里盛满感动和对她的敬意与祝福。

2008 年 10 月 13 日于北京

老板的汗血马和骆玉笙的花盆鼓

新近，由美籍华人跨界导演，推出的一场新派京剧《霸王别姬》中，令人叹为观止的是，最后竟然不伦不类地牵上一匹汗血马充当乌骓马抖擞上台，在乌江边让霸王与之告别。看最新一期《三联周刊》中说，这匹汗血马价值几百万，是投资排演这出京剧的老板的心爱之物，他希望导演让这匹汗血马登台露个脸儿。于是，这匹汗血马，和霸王一起成为戏里的一个角儿。

这实在是件有意思的事情。资本介入艺术演出的市场之后，无论国内还是国外，历来什么事情都可以发生。以前听说，投资戏和影视的老板为捧红自己心爱的女人，要求导演让其出任主角或其他角色，凭着老板的财大气粗，导演和剧组无可奈何，只好签下盟约，让一些并不着调的女演员在戏中滥竽充数。没有想到，老板的喜好不同，如今的老板改换了章程，变女人为汗血马。

此番汗血马慷慨亮相，照导演的谦虚说法，是给观众一点小的惊奇。其实,牵真牲口为活道具,算不上什么新鲜和惊奇,好多年前,在北京体育场上演威尔第的歌剧《阿依达》,就请来真的骆驼登台上过场,不过是作为炒作的卖点而已。要说舞台上真让人叹服的创新和惊奇,倒让我想起了已故艺术家骆玉笙老前辈。

曾经看过这样的一段录像,是八十岁高龄的骆玉笙演唱京韵大鼓《击鼓骂曹》。这是一个传统的老段子,骆玉笙师从少白派白凤鸣先生。但是,无论白先生,还是以往演唱《击鼓骂曹》的其他演员,都只是单手击打板鼓。骆玉笙为了演唱更加身临其境,更加富有韵味,改一般常用的板鼓,而将一个浑身通红的花盆大鼓请上台来。那大鼓状若硕大的花盆,骆玉笙站在鼓前,显得格外娇小玲珑,便越发显得鼓大而强劲有力。这是以前京韵大鼓没有出现过的道具。为此,骆玉笙专门向京剧名家杨乃鹏一板一眼地学习击鼓,练得炉火纯青。显然,这也是京韵大鼓从未有过的表演方式。

在唱完祢衡一通鼓"惊天动地",二通鼓"悲喜交加令人惊",三通鼓"似有金石之声",再唱一句"众公卿凝神倾听"之后,骆玉笙弃板鼓而击打大鼓,先鼓点,后加入胡琴声,时紧时缓,时高时低,密如骤雨,疏似断鸿,最后,声声紧逼,步步惊心,将那鼓点打得真是出神入化,让这一通纷繁错落的鼓点为现场营造出不同凡响的气氛和气势。一长段节奏分明的鼓点之后,骆玉笙张口再唱,才有了后面祢衡的骂曹。如此,前面的击鼓成了表演也成了内容不可分割的组成部分,使得后面的骂曹有了足够的铺垫和渲染,才显得水涨船高般让这一段大鼓达到高潮。于是,这个花盆大鼓和祢衡一起成了主角,骆玉笙让它有了突出的形象,也有了缤纷的声音。

任何艺术形式都需要不断创新,创新是没有错的,只是创新不是哗众取宠,不是非要将老板的心爱之物亮相于舞台。因为舞台自有舞台的规律与规范,不是老板的私家花园或多宝格,非要将其宝马拉出来遛遛,或将其其他宝贝展示出来看看不可。特别是京剧,是讲究虚拟的写意艺术,几把桌椅和一道帷幕,都能够调动起五湖风雨,万里关山,并非戏中有马就一定得牵匹活马上来。骆玉笙年迈时演唱《击鼓骂曹》,请上花盆大鼓,无疑是借鉴了京剧的内容而丰富了京韵大鼓自身的表演形式。过去,京剧里讲究"冷锣"和"急鼓"。周信芳演戏时便常用"冷锣",他道白:"此话怎讲?"紧接着便是一声"冷锣",气氛一下子别开生面。而京剧开场前的急急风中"急鼓"的作用,常常是整场气氛的烘托。骆玉笙将京剧的鼓点融入京韵大鼓,在她这里鼓点不仅是起伴奏的作用,而且和内容和人物和情境融为一体。她把一段传统的《击鼓骂曹》演唱得高潮迭起,别具一格。这才是真正的创新。

在舞台上,请上汗血马,和请上花盆鼓,都算上是别出心裁,但真创新和伪创新的区别,明眼人还是能够一眼看穿的,那便是一个是为了艺术，一个是为了自己；一个是为观众倾心，一个是向资本屈膝。

2012 年 3 月 6 日于北京

早春二月

——怀念孙道临先生

十八年前的夏天，我如约到北京北长街前宅胡同的上海驻京办事处，孙道临先生已经早在胡同口等候着我了。记忆是那样的清晰，一切恍如昨天：他穿着一条短裤，远远地就向我招着手，好像我们早就认识。我的心里打起一个热浪头。第一面，很重要。

要说我也见过一些大小艺术家，但像他这样的艺术家，我还是第一次见到，他的儒雅和平易，也许很多人可以做到，但他的真诚，一直到老的那种通体透明的真诚，却并非所有人都能有。

那天，我们在上海办事处吃的午饭，除了吃饭，我们谈的是一个话题，那就是母亲。他说他在年初的一个晚上看新的一期《文汇月刊》，那上面有我写的《母亲》，他感动得流出了眼泪，当时就萌生了一定要把它拍成一部电影的念头（其实那只是一篇两万多字的散文）。经过半年多的努力，他终于说服了上海电影制片厂，对方决定投拍，并想让我来完成剧本的改编工作。他对我说，读完我的《母亲》，他想起自己小时候在北京西什库皇城根度过的童年，想起自己的母亲。他也想起了在"文化大革命"残酷的岁月里，他所感受到的普通人给予他的如母亲一样难忘的真情。

那天，他主要是听我讲述了我的母亲的故事和我对母亲的愧疚。他听着，竟然落下了眼泪，我不敢看他的眼睛，因为我从来没有见过七十岁的眼睛居然没有浑浊，还是那样清澈，清澈得泪花都如露珠一般澄清透明。他忽然站起来对我说：我为什么非要拍这部电影？我不只是想拍拍母爱，而是要还一笔人情债，要让现在的人们感到真情对于这个世界是多么的重要！

我们一老一少泪眼相对，映着北京八月的阳光。我感受到艺术家的一颗良心，在物欲横流中难得的真情，和对这个喧嚣尘世的诘问。那天回家，对着母亲的遗像，我悄悄地对母亲说：一个北大哲学系毕业、蜚声海外的艺术家，拍摄一个没有文化、平凡一生的母亲，并不是每一个母亲都能够享受得到的。妈妈，您的在天之灵可以得到莫大的安慰了。

剧本断断续续写到了一年多以后。那天，为再一次修改剧本，我从北京飞抵上海。是个傍晚，正好赶上他去安徽赈灾义演，他在电话里抱歉说没有能够接我，却特地嘱咐别人早早买下了整整一盒面包送给我，怕我下飞机误了晚饭。打开那一盒只有上海做得出来的精巧小面包，心里感到很暖，那一盒面包我足足吃到了他从安徽回来。

250

剧本定稿的时候,他请我到淮海中路他的家中做客。我见到了他的夫人王文娟,他们两口子特意做了冰激凌给我吃,还把那个季节里难以找到的新鲜草莓,一只只洗得清新透亮,精致地插在冰激凌里。我和他说起了电影《早春二月》。我说起第一次读柔石的小说时,我在读高二。那时,我们到北京南口果园挖坑种树,劳动之余,同学之间在偷偷传递着一本书页被揉得皱巴巴像牛嘴里嚼过一样的《二月》。书轮到我的手里,是半夜时分,我必须明天一早交给另一位守候的同学,老师还要在熄灯之后严加检查,我只好钻进被子里,打开手电筒,看了整整一夜。

他静静地听我说完,告诉我当时拍摄和后来批判《早春二月》时的许多事情。我问他萧涧秋是不是他自己觉得扮演的最重要也是最好的角色?他对我这样说:解放以后,一直都在努力改变以往在屏幕上的形象,希望塑造工农兵的新形象,便拍摄了《渡江侦察记》和《永不消逝的电波》。但是在这之后,他一直渴望有新的突破,在塑造了工农兵的形象之外,能够塑造更吻合他自己本色与气质的知识分子的角色。终于等来这样一部《早春二月》,他非常兴奋,也非常看重。他说不仅他自己看重,就连夏衍先生也非常看重,特别在他的剧本中详细地批注和提示。没有料到,这样一部电影,付出了他极大的心血,却让他吃了不少苦头。那天的交谈,让他涌出许多回忆和感喟,颇有"别来沧海事,语罢暮天钟"的沧桑之感。

对于我们这样的一代人，随历史浮沉跌宕之后，有些普通的词，便不再那么普通，而披戴上岁月的铠甲，比如老三届、红海洋、黑五类……早春二月，便是其中一个意味寻常的词。这个词不仅有我们的青春为背景，也有孙道临先生的演绎做依托。因此，我一直认为，萧涧秋是他扮演的最重要也是最好的角色，他不仅成为新中国电影史的一部分，也是中国知识分子心路历程的一部分。从某种程度而言，孙道临和萧涧秋互为镜像，有着内心深处的重叠。

我和孙道临先生往来不多，却有过通信，作为晚辈，我常常得到的是他对我的关怀和鼓励，偶尔也透露着他的隐隐心曲。

1994年2月，他寄给我两张照片留念，都是在1993年拍的，一张是9月在海南，一张是5月在新疆，他七十二岁的高龄骑在骆驼上跋涉戈壁滩。他在信中说："影事难题太多，1993年，我不务正业，东奔西跑，倒也增加不少阅历，只是'心为物役'的感受越来越强了，也好，总要设法摆脱，让想象好好驰骋一番吧。"

1995年2月，我寄给他两本我的新书，里面有那篇《母亲》。他写信对我说："再次读了你写的《母亲》的文章，仍然止不住流泪。也许是年纪大了些，反而'脆弱'了吧。总记得十七八岁时要理智得多，竟不知哪个时候的自己是好些的。"

我之所以选出这样两节，是想说过去常讲的老骥伏枥壮心不已，其实对于中国知识分子而言，老骥之时更需要的是对于自己和历史清醒一点的检点和反思。孙道临先生的可贵，正在于他一直保持着一个艺术家对于自己和过去的历史与现世的时代的反思和诘问，他的真诚不止于一般的旨在澄心，而是持有那种赤子之心。这一点，我以为是和《早春二月》里的萧涧秋一脉相承的，或者说其中的矛盾彷徨自省与天问一般追寻，是有良知又有思想的艺术家的本质和天性。

我想，这是孙道临先生给予我们最宝贵的启示，一切有志于艺术的人，都应该如他一样把这样的真诚放在首位。

2008 年 2 月 17 日于北京

十万春花如梦里

——关于焦菊隐

《焦菊隐戏剧论文集》,曹禺先生作序,1979 年上海文艺出版社出版。版权页上写着"1979 年 10 月",我买到书的时候,是 1980 年年初了。那时候,我正在中央戏剧学院读书。清楚地记得,出我们学院棉花胡同西口不远,在地安门大街有一家新华书店。这本书是那里买到的,才一元六角,便宜得让今天的人难以置信。这应该是那个难忘年代里我读的第一本书。而那个时候,焦先生已经离开我们整整五年了,他是活活被"四人帮"迫害致死的。

严格讲,这不是一本学术意义上的论文集,其中包括大量的笔记和讲话,有相互的重复和驳杂。焦先生去世得太早,如果天假以年,他留给我们的遗产会更多。但这本书的内容已经很丰富了,因为既有舞台实践,又有理论功底,焦先生的文章不枯不涩,很有嚼头。这是迄今为止我读到话剧导演所写的最出色、也是最有学问的一本书。想起当年读这本书的感觉，觉得老北京广德楼戏台前的一副抱柱联，最是符合，也最能概括这本书的丰富多彩："大千秋色在眉头，看遍玉影珠光，重游瞻部；十万春花如梦里，记得丁歌甲舞，曾醉昆仑。"

之所以想起这副和京剧相关的抱柱联，当然有对焦先生不幸的怅然怀旧之情，更主要的是因为最初读这本书的时候，给我感受最深的是，没有一位话剧导演能够像焦先生一样，对京剧艺术有这样深入肌理、富于真知灼见和功力不凡的研究，并有意识地将包括京剧艺术在内的中国戏曲的营养，渗透且滋润于他的话剧导演艺术之中。

或许，这和焦先生新中国成立前自己曾经办过中华戏曲学校有关。在这所戏曲学校里，有过四位京剧大师，其中两位是他的"业师"曹心泉和冯慧麟，另两位是他自己称为"亦师亦友"的王瑶卿和陈墨香。他正经向他们拜师学过艺，在这本书中，他写过这样一桩往事："内廷供奉"同光十三绝之一徐小香的弟子曹心泉，有一绝活，出台亮相时候，扇子一摇，九龙口一站，黑绸褶长衫的下摆正好压在白靴底鞋尖那一点白上，"嗖"的一声，黑绸褶飘飞起来。这一招，焦先生也学过，却就是飘飞不起来。他对中国传统戏曲艺术的由衷之爱，由此可见。

对于中国的话剧和戏曲，他做过认真的比较，尽管各有所长，他依然客观而尖锐地指出我国话剧"继承时就世纪末叶以来西洋话剧的东西较多，而继承戏曲的东西较少"，"终于不如戏曲那么洗练，那么干净利落，动作的语言也不那么响亮，生活节奏也不那么鲜明"。

对于戏曲的程式化、虚拟化、节奏化，他做过认真的研究。对于程式化，他打过一个有趣的比喻，说是"像咱们中药铺里有很多味药一样"，搭配得好，就会效果极佳。对于《长坂坡》的并叙环境，《走新野》的群众过场，《三岔口》的虚拟设置，《甘露寺》的明场处理，《失街亭》里强调动作，《四进士》的人物形象和性格的塑造，《打渔杀家》桂英在草堂里牵肠挂肚，一边唱自己的不安一边听着后台传来萧恩在公堂上被杖打的声音，如此情景交相辉映的安排，《放裴》表现裴生的惊慌，用另一个演员打扮成鹤裴生，在后面亦步亦趋，来展示其失魂落魄，如此充满想象力……他都做过和话剧相关联的仔细对比和探求。他由衷地说："我国戏曲演员所掌握的表演手段，比起话剧来，无疑更为丰富。"

因此，他特别强调话剧要向戏曲学习，他说："作为话剧工作者，不仅应该刻苦钻研斯氏体系，更重要的是，要从戏曲表演体系里吸收更多的经验，来丰富和发展我们的话剧。"

焦先生将学习到的这些宝贵的经验，运用到自己话剧导演的实践中。在《茶馆》"卖子"的一场戏里，卖女儿，而且是卖给太监，乡下人手里接过那十两银子，如何表达内心复杂悲凉的感情？焦先生让舞台出现长时间的停顿，然后，后台传来两种声音：一是唱京戏的声音,一是叫卖高庄柿子的声音。那低沉凄凉又哀婉的声音,画外音一样,成了乡下人此时此刻内心的写照。焦先生巧妙地借用了戏曲的声音和形式,将看不见的心情,生动形象地呈现在舞台上。

在《虎符》里,焦先生用了戏曲里最常见的锣鼓经。如姬盗走虎符之后,和信陵君在坟地见面,魏王跟踪而来,一下子一手抓住他们一人的手,说道:"你们两个人的事情我都知道。"一声"冷锤",如姬和信陵君的心里都一激灵,以为盗虎符的事情魏王知道了。魏王接着说:"知道了你们两人感情的事情。"一阵"五击头",信陵君和如姬如释重负。显然,戏曲中常用的"冷锤"和"五击头"音响,在这里起到了意想不到的作用,既凸现了心情的起伏,又烘托了气氛的紧张。

焦先生还有意识学习戏曲里的过场戏的处理方法,借鉴在《关汉卿》中。第一场关汉卿看到朱小兰被冤杀,不闭幕,全场暗转,只有四道追光照在关汉卿的脸上,从黑暗中,从关汉卿的主观视角里,隐隐出现市集上的卖艺身影、纤夫的呻吟、行刑队伍的号角、朱小兰微弱的呼冤声。这时候,天幕上恍惚出现朱小兰苍白的幻影。关汉卿站定,声音和幻影消失,关汉卿道:"我难道就是一个只能治人家伤风咳嗽的医生?"然后,转下一场关汉卿开始走向写戏的生涯。

这样的实例,在这本书中有很多。对于打通西洋话剧和中国戏曲两脉一事,焦先生做出了富有开创意义的实践工作。这些实践,成了经典,迄今无人可以企及。而焦先生对中国戏曲那种发自内心的热爱和虚怀若谷的学习精神,更是至今让我感动。在谈到戏曲里以少胜多的艺术胜境时,他以京剧《拾玉镯》为例。一个少年在一个少女家门前丢了一个玉镯,少女偷偷拾起,如此简单的情节,却足足演了半个小时。这半个小时的演绎,将少女复杂的心情细致微妙地表现出来。焦先生说:"比生活显得更真实。"他同时说:"戏曲抓住了某些有典型意义的生活现象,突出其中的矛盾,突出本质,尽量反复渲染强调,这就和生活有距离。这种距离,恰恰是观众需要的,而我们的话剧,有时既缺少从生活中提炼的东西,又不是抓到一个东西狠狠地强调。这些地方,就需要向戏曲学习。"

如今,我们实在缺少如焦先生这样既懂中国戏曲又懂西洋话剧,同时又能清醒地指陈话剧现实的导演了。面对今天有些乱花迷眼的话剧舞台,注重外来形式、高科技灯光、奢华背景的热闹越来越多,但在真正沉潜下心来,让戏曲和话剧彼此营养,最终让话剧受益的努力和实践这方面,焦先生仍然是我们学习的榜样。这本《焦菊隐戏剧论文集》,虽然出版了已经三十余年,但仍然值得我们重读并深思。

2013 年 5 月 27 日于北京

于是之和一个时代

于是之踏雪驾鹤而去，与他共生、影响他并也受到他影响的话剧艺术的一个时代，特别是北京人艺的一个时代，已经彻底结束了。

作为演员，他创造的一个个鲜活紧接地气的角色，特别是《茶馆》的王掌柜，不仅迄今无人匹敌，更重要的是，他是富于北京味和平民气质的人艺风格的开创者和奠基者。正因为有这样的艺术品质，他才能将老舍的最难演、被老舍自己称为"最大的冒险"的《龙须沟》演成功，他用程疯子重返舞台的心理线与行动线，去淡化修沟的勉为其难的外部戏剧动作，努力而真诚地向艺术靠近。如今，我们提到人艺，会想到很多这样出色的老演员，排在第一位的无疑是于是之。在表演艺术方面，他堪称中国的斯坦尼和丹钦科。

但是，我要说，于是之对于北京人艺乃至中国话剧艺术更大的贡献,不仅在于表演,而且在于他对于年轻一代艺术家富于远见的鼎力支持。在20世纪80年代历史转折期,北京人艺是中国话剧复兴的重地,当之无愧成为那个除旧布新时代中国话剧的风向标。那时候是于是之和人艺主要的领导人曹禺、赵起扬等有识之士和对中国话剧的知味之士,起到了关键的作用。无论话剧艺术新探索开山的先锋之作《绝对信号》(1982年),还是触及现实的《小井胡同》(1983年)和《狗儿爷涅槃》(1986年),抑或对《茶馆》形似并神似的拟仿最成功的《天下第一楼》(1988年),乃至再后面90年代初出现的《鸟人》,没有一部没有浸透过于是之真诚而付出过代价的支持。

我的同学——已故剧作家李龙云,是《小井胡同》的作者,在该剧上演前后的沉浮磨砺之中,与他一起绞尽脑汁,以善良纯真应付世事变幻与莫测人心,一次次地改写和补写剧本,患难与共的是于是之。而那时,于是之被诬为"幕后黑手",顶着压力艰难而为。《小井胡同》之后,建议并鼓励李龙云将老舍的《正红旗下》改编成剧本的,依然是于是之。为此,于是之不仅用毛笔给李龙云写下一封封长信,还为李龙云借相关的剧本《临川梦》,并渴望出演剧中的老舍。后来病倒,依然如此,躺在病床上,手里还拿着《正红旗下》的剧本。

这是于是之的心力、能力和定力,也是他的魅力,同时更体现了他的影响力。所以,在他卧病在床二十年来,即使无法再走上舞台,他的影子仍然如浓郁的绿荫,荫蔽在人艺舞台和观众心中,并将这绿荫覆盖在很多年轻的导演与剧作家的身上。如果说,北京人艺是于是之的人艺,可能有些过,但说于是之是人艺的一个重要的台柱,应该是恰如其分的。是他和老一辈艺术家支撑起人艺的艺术大厦,并为这大厦镌刻下了最美最有分量的老匾额。

我和于是之从未谋面,20世纪80年代末,北京有关方面曾经找我写于是之传,当时我手头正忙,也想来日方长,谁想没过多久,于是之病倒,我和他失之交臂。我只是看过他在舞台上出演的角色,距离更加产生魅力之美。在舞台上,他更显得山清水秀,摆脱尘世之扰,融入艺术之境。他和艺术彼此成就,他为舞台而奉献,舞台为他而救赎。想想二十一年前他突然病倒便一病不起,该有多少未竟的遗憾和对世俗难言的无奈。只有在舞台上,他才焕发一新,成为想成为的人,心地澄净透明,没有任何杂质,就像当年朱自清所说的那种"没有层叠的历史所造成的单纯"。在如今的艺术中,这样的心地和品质,该是多么的难得,多么的令人向往。

于是之曾经写过这样的一句诗:"山中除夕无别事,插了梅花便过年。"我非常喜欢,这句诗是于是之单纯透明的注脚。只是,这种无论做人还是从艺的境界,已为我们如今的艺术所稀缺。由历史和现实交织而成的层叠的挤压,雾霾一样遮蔽着越来越世俗的我们。蛇年的春节就到了，就让于是之去天堂插一枝梅花清清静静地过年吧。

2013 年 1 月 23 日于北京

林希和《婢女春红》

老友林希长兄从美国遥控，电邀我到北京保利剧院看《婢女春红》，很是高兴。这是自《蛐蛐四爷》《相士无非子》后，他自己所写的第三部话剧，可谓宝刀不老。想我自己是中央戏剧学院编剧专业科班出身，却一个话剧未能写出，一辈子一事无成，真的是异常惭愧。

因是第一次看天津人艺的演出，忍不住和常看的北京人艺作对比。这是一部写旧时代大宅门里破落人家的话剧，从剧中人物设置看，和北京人艺经典剧目中的《家》《雷雨》很相似。三位性情各异的少爷，一位婢女，一位性情压抑的少奶奶，所共同演绎出的爱恨离合。不同的是，没有了男主人，如《家》中的老太爷、《雷雨》中的周朴园，多了寡居归门的姑奶奶和流落唱戏的筱翠花。

有意思的是，这部戏最出彩的恰恰是多出的这两个人物。这就看出天津人艺和北京人艺不同的地方了。随着戏一点点如墨在画纸上晕染开来,心里先替林希兄兴奋起来。

姑奶奶出场不比女主人大少奶奶多,戏却比少奶奶足,且前后变化大。看她前面对春红乃至对毛贼的慈善,对雨中弃婴的怜悯,以及打发筱翠花时多给些银两的爽快与精明,再看最后她出场为维护所谓声名而不让春花进少奶奶灵堂的冷酷与残忍,所呈现出来的戏剧面貌,要比少奶奶更棱角分明,也更具性格的多重性。

筱翠花只有前后两次出场,却占据整部戏中最富于戏剧动作的两个桥段。她最后强持大少爷离开这个大宅院,既可以看到爱钱的程度,但怎么不可以说也是一种爱情的力量呢?大少爷曾经在她人生最关键的时刻挺身而出帮助了她,又和多病且是封建包办的少奶奶多年貌合神离,醉酒时还以为筱翠花来了,恐怕也不仅是情欲简单一个词所能概括。在这里,看出了这部戏主旨的多义性,和北京人艺久演不衰的经典老戏的主旨靶向性集中明确和单一,有了不大一样的地方,也就更具一些重新解构并审视过去的现代性。

这种主旨的多义性,更表现在主角春红的身上。春红不同于《家》里的鸣凤和《雷雨》中的四凤,尽管她也有作为婢女逆来顺受的一面,和她们最后的结局一样是走向死亡。她没有鸣凤和四凤那样的单纯,也少有她们那样对于新生活的向往,她一出场便俨然是一位精到的二主人。虽然戏中和《家》和《雷雨》一样,也有一位三少爷在爱着她,但他们之间除了三少爷给她的信、诗和临走前突兀地对她说回来时娶她,基本上没有什么戏展开。

惹人注目的是,前半场在处理毛贼和对决筱翠花的戏中,春红都是以感觉良好的主人姿态出现的。在她被大少爷强暴而怀孕之后,地位一步步受挫,她成为少奶奶貌似关心实则精心设计好的一粒微不足道的棋子,先是被打入跨院冷宫,最后在姑奶奶强硬之态下无奈而亡。这种前后的跌宕变化,令人唏嘘慨叹。莫要说多年的媳妇未必就能熬成婆了,婢女到底难成主人,野草更无法变为家花。这样的结局,便不能是《家》《雷雨》中仅仅是对旧时代的批评所能明示的了,春红也并非仅是"乱世祭品",而有了自身人性悲剧的因素在内了。

主旨的多义性,更重要的来自剧本本身。相比较受舞台限制的剧本而言,小说的容量要更丰富,叙事更为自由,人物性格命运的展开也更多姿多彩。即便删繁就简浓缩为剧本,但拔出萝卜带出泥的部分,还是和单一从剧本到舞台显现出不一样的地方。北京人艺这类大宅门或家族史的大戏,除了《家》是改编于小说,其他均属于后者。这就让我看到天津人艺与北京人艺最不一样的地方,起码在这部戏里是这样,其戏剧的叙事策略更多依赖小说的叙事策略。即便这部戏是由北京人艺著名导演顾威先生所导演,也不能完全打上北京人艺戏剧风格的烙印。

稍微分析一下这部戏,真正富于北京人艺风格,或者说富于戏剧叙事策略也就是传统话剧里出戏的地方,主要是我前面所提到的那两个桥段:春红对决筱翠花和筱翠花强行拉走大少爷。前者,春红和筱翠花所坐的位置的变换以显示心情,很像京剧《锁麟囊》里的三让椅。后者,筱翠花和大少爷同演《玉堂春》,戏中戏,更是传统戏剧中戏剧性演绎屡试不爽的叙事法则。除此之外,这部戏并没有过分强调戏剧性。每一次人物之间的交锋,没有夸张的表演,充分相信观众自己想象的空间,体味人物的内心冲突;每一次灯暗幕落时,并没有强烈的戏剧动作或意外的戏剧情节,而是小说一样娓娓道来,让留白衔接前后的时间与命运的变化。

如果从这一点来看,这部戏的导演风格有退有进,显得层次丰富多样,但也同时显得前后半场风格不大统一,在传统特别是轻车熟路的北京人艺戏剧叙事策略与天津人艺这部新戏所带来的小说叙事策略中徘徊不定。前半场基本是现实主义风格,后半场则加强舞台调度,特别是筱翠花抢走大少爷时,一束光打在身上犹如鬼魂附体;少奶奶死前无法突出重围一般,一道道院墙重重围合;春红死时落叶纷纷……都非常的精彩,有了很强的现代效果,充分运用了戏剧手段,强化了小说的叙事策略。可惜,在前半场看不到这样的一点影子,幕启时春红出场绕着花树转了一圈,虽然和幕落之前的落叶纷纷有了前后的呼应,却显得做作,有些小儿科。

《婢女春红》是一部好戏。希望它能好好再打磨一下,更精致,更有津味儿,成为天津人艺真正的镇院大戏。我以为最重要的是,进一步加强剧本中所拥有的小说叙事策略,以此融合并改观现今惯性的戏剧叙事策略。这种融合和改进,其中首要便是不要和北京人艺的戏剧风格靠近,而是要拉开距离。现在的戏,还有很大改动的空间,比如,可以不可以调整或压缩三少爷和颜黛黛基本没有什么戏的两个人物,让时代背景更虚化一些,让早在《家》《雷雨》表现过的对新式爱情追求隐去,可以加强其他人物的戏份,尤其让主人公春红的悲剧性,从时代更向人性方向靠近。再比如删去春红怀孕后和大少爷在佛堂相遇对当事经过的重复叙述,腾出笔墨加强后面春红见不到孩子的痛苦折磨。现在,后半场春红的戏大大减弱,春红的死和少奶奶的死挨得太紧,显得匆忙,原来小说叙事策略的节奏被减弱了。再比如,可不可以让前后半场的叙事风格更为统一,胆子再大一些,进一步打破传统中规中矩的戏剧叙事风格,例如,打在筱翠花身上的那一束光,可以挖掘其功能与内涵,造成戏剧中重复的效果,让它也成为戏中的另一个角色。当然,这可能都是些外行话,只是衷心希望天津人艺能将这部戏打造得更上层楼。

2015 年 1 月 25 日于北京

谁将曹禺的原野装点成花坛

那天，到国家大剧院看曹禺的话剧《原野》，恍若隔世。剧场外的天安门广场上国庆的花坛还没有撤，依然灿烂着，而这里的舞台上却荒草萋萋。导演陈薪伊，演员胡军、吕中、徐帆和濮存昕精彩的演绎，让一出老戏，依然意味盎然。一个复仇的母题，却让曹禺翻出新意，父债子还，仇虎痛快淋漓地杀了仇人之后，自己带着心爱的女人，却走不出萋萋原野。选择撞向火车而死，是全剧的结尾，也是仇虎和曹禺共同的选择。

年轻的曹禺是多么厉害，他将人性的复杂、残酷与无奈，写得如此一波三叠，荡气回肠，将他自己的话剧创作和中国的话剧艺术，一起推到如此的高度。对比《雷雨》，他不满足于经典的三一律，奥尼尔的影响和点化，让他在《原野》中更加挥洒自如，浓墨重彩成一幅墨渍水晕淋漓的泼墨大写意。如果照这样的速度和高度前行，他将会给我们带来什么样的惊喜？

今年是曹禺一百周年诞辰，重演他的剧目，无疑是对他最好的纪念。只是，这几个经典剧目都是曹禺年轻时的创作。

《原野》之后，他并没有继续前行，新中国成立之后的几部剧作，勉为其难，让他在原野中迷茫而迷途。粉碎"四人帮"之际，重新编选他自己的剧作选集，他没有选《原野》，他坦诚地直陈自己的迷茫。年老时他对自己更是充满感慨和无奈。作为一名剧作家，他的艺术生命只活在自己的前半生甚至仅仅在青春期，可以想象他的痛苦该是何等的彻骨。

纪念曹禺百年诞辰的日子里，最让人易于慨叹曹禺，为什么纪念曹禺，其实是一个沉重的话题。

我想起在中央戏剧学院当学生时，见过他一面，那是刚刚粉碎"四人帮"不久，我们的院长金山先生请他来和我们见面谈话。听他那时的讲话，看他那时的样子，还有朝气，起码气并不衰，却已经是隔江犹唱，时不我待了。舞台上演出的仍然是他年轻时的几出老剧，成为他身后经年不变的背景。其实，这样的背景一直延续至今，并未曾改变，这对于他不知是悲剧还是喜剧。

为什么纪念曹禺？如果剖析他的文艺思想，是极其复杂的，其探索和追求、变异和改造、外因和内因，充满痛苦。他自己曾经说过"一个剧作家应该是一个思想家"，而其自身的"独立见解"更是至关重要。可惜，在他的后半生并没有创作的载体为其这样的思想证明，历史无情地将他自己的思想和才华磨圆磨平，便再也无法写出《原野》这样棱角突出的剧作。这不是他一个人而几乎是一代人的命运，他和他笔下的仇虎一样，迷失在本属于自己的原野之中，这几乎成为他命定般宿命的象征，为他晚年的命运打下伏笔。

为什么纪念曹禺？这样的问号，更应该叩问如今的话剧。在当下的舞台上，难再看到《原野》这样执意触及和挖掘人性深度的剧目。如今的话剧舞台，表面的浮华和热闹，却掩盖不住内在深刻的危机。在我看来，如今的话剧舞台，虽然不乏好的作品灵光一闪，却被几种这样的话剧所占据：一是生活浅表层的即时性或应景性描摹的现兑现买；一是生活浅薄的搞笑和廉价的形式主义的爆炒；一是经典旧作的不断翻炒；一是借助经典小说的改编，配之以明星阵容的双味热炒。特别是后两种，不以为是我们对于现实生活的缺位，是我们原创力的匮乏，而以为是如今话剧舞台的一种繁荣。

在商业和政治的双重魅惑下，趋俗或媚上，以及票房和获奖的利益驱动，成为一驾四轮马车，载我们和年轻时的曹禺渐行渐远，更缺乏晚年曹禺的痛苦和反刍的自省，甚至不以为然的遗忘，将思想的原野装点成了邀宠媚时的花坛，让我们轻车熟路地使得仇虎、周朴园、陈白露的个性与人性，和后来的曹禺一样被磨圆磨平。于是，我们只能更卖力而出色地表演年轻时曹禺的剧目，在舞台的舞美等形式上长袖善舞变幻翻新，重新阐释年轻时候的曹禺,却无法借助于曹禺年轻时有力的肩膀和晚年的痛苦的心灵,而形成我们自己的双飞翼,去超越曹禺。相反,我们习惯成自然,以为只有这样才是对曹禺的纪念。

2010 年 10 月 29 日于北京

如何纪念老舍先生

　　纪念老舍先生一百一十周年诞辰的日子里，他的作品一下子流行起来，热闹了起来。今年年初，北京人艺将老舍先生的《骆驼祥子》《龙须沟》《茶馆》三部剧作重新搬上舞台；电视屏幕里，新版《四世同堂》刚播完，紧接着开播《龙须沟》。无疑这都是对老舍先生最好的纪念。在称赞的同时，需要对几部作品做一番比较，看看其成败得失，更看看我们应该如何纪念老舍先生才是。

　　先说这三部话剧，不禁对人艺艺术家精彩的演出生出由衷的敬佩，看得出他们不满足于以往曾经深深刻印下的前车与后辙，而希望以自己重新的演绎，努力接近并还原一个真实的老舍先生。

　　看完这三部话剧之后，还有一个由衷的感慨，那就是老舍先生真的是厉害。孙犁先生曾论说作家生死两态：人生舞台，曲不终，而人已不见；或曲已终，而仍见人。显然，老舍先生属于令人尊敬的后者。无论作为小说家，还是作为剧作家，在中国的文学史上，还真的很少有人能够与之匹敌。一个作家，在他逝世四十余年之后，还能有如此之多如此之富于生命力的作品活跃在今天的舞台上，和我们呼吸与共、心息相通，老舍先生是不朽的。

无疑，在这三部剧作中，《茶馆》是老舍先生的扛鼎之作，也是人艺拿捏得最为炉火纯青的精品。其高度概括的艺术力、气势宏大的叙述力，浓缩人生、人性和历史、时代；其丰富生动的语言、新颖别致的形式，开创话剧舞台创新之风。它是老舍先生内心深处艺术风光旖旎的一块风水宝地。新一代人艺的演出者，是踩在老舍如此辉煌的剧本之上和于是之等前辈艺术家的肩膀之上，他们的理解、创造和发挥，得益于此。最接近老舍先生，也最能够还原老舍先生的，是这部《茶馆》。看完《茶馆》，几乎能看见大幕之上远远站着的老舍先生。

演出结束之后，走在散场人群中，我听到一位观众朋友的话：温总理刚刚讲让咱们老百姓活得有尊严，这出戏可是让咱们看到了什么叫作活得没尊严。

他的话令我心头一震。是因为有总理的话在先，《茶馆》这出戏便也打上了尊严的烙印？或者是王掌柜重新挂上了一块新的招牌？我看，无论王掌柜，还是演员和导演，倒未必如这位观众一样，真的是为了呼应这一点。但是，这位观众的话，应该引起我们的深思。以往，我们谈及人艺的风格，都愿意说是北京味儿。没错,地道的北京味儿,已经成了人艺醒目的特色。只是,我以为,北京味儿,似乎还概括不了人艺的风格,或者说人艺的风格不应该止步于此。就像北京王致和的臭豆腐,其独特的臭味,并不能完全概括其风格,还得是豆腐本身,才能体味到更为丰富的滋味和内容。

在我看来,半个多世纪人艺上演的剧目,凡优秀能传下来的剧目,莫不是这位观众所说的表达了人的尊严的主题,除《茶馆》外,再如老舍先生的《骆驼祥子》,再如后来张冀平的《天下第一楼》等。只是,基本上都是表达了在特定的历史时期,人的尊严的沦落和丧失,它们把底层小人物的命运的悲哀,演绎得淋漓尽致。应该说,这一点上,谁也没有人艺演出得出色。

记得最开始演出《茶馆》的时候,曾经有人建议加强人物的革命性,即让人的尊严更为主动地争取和发扬光大,老舍先生曾经明确地表达了自己的意见:"有人认为此剧的故事性不强,并且建议,用康顺子的遭遇和康大力的革命为主,去发展剧情,可能比我写得更像戏剧。我感谢这种建议,可是不能采用,因为那么一来,我的葬送三个时代的目的就难达到了。"

老舍先生说的三个时代,即剧中三幕分别表现的清末戊戌变法、军阀混战和日本侵占北平这样横跨五十年历史的时代。三个时代的葬送,是以小人物尊严的沦丧为昂贵代价的。看三个老头蹒跚在台上撒纸钱,祭奠自己和那些被埋葬的时代,真的是道出了那个时代小人物尊严的被践踏和无处藏身的悲凉。所以，老舍先生说《茶馆》这出戏就是"用这些小人物怎么活着和怎么死的，来说明那些时代的啼笑皆非的形形色色"。这些小人物怎么活着和怎么死的？一句话，是没有尊严地活着和没有尊严地死的。

当年《茶馆》曾经一度引起演出风波，周总理出面才复演的。周总理说：这样的戏应该演，应该叫新社会的青年知道，旧社会是多么的可怕。现在，还应该再加上一句：人们活得又是多么的没有尊严。

这正是今天复排《茶馆》的现实意义。它从艺术的一个侧面告诉我们，对于中国老百姓，尊严的话题，曾经实在是太沉重，老舍的《茶馆》经过了三个时代半个世纪的颠簸，尊严还是谈不上；新中国六十年历史，如今总理谈及尊严，说明我们的尊严的问题，仍然没有完全得到解决，依然是我们全民族的愿景之一。

从这一点意义而言，来回顾和展望或探讨人艺风格的形成和发展，我们可以看到，人艺凭借老舍先生剧目的带领，确实非常好而且是独领风骚地演绎了中国老百姓丧失尊严的过程以及历史成因，让我们看到了生动的形象、深切的命运，而触摸历史、触动心灵。但是，也应该看到，人艺并没有很好或者有意识地完成人为实现自身尊严而奋斗那艰辛的历程，为我们塑造区别于老舍先生《茶馆》的新的人物形象。尽管人艺曾经付出极大的努力，比如新排的《窝头会馆》，以及几次复排的《鸟人》，还有以前曾经演出过的《狗儿爷涅槃》等剧目。比如，他们在《窝头会馆》里加进了在《茶馆》里老舍先生坚持不用的进步学生（这是当年张光年先生的建议）；《鸟人》里增添了新笔墨，以荒诞的色调写鸟人三爷，触及争取尊严这一主题。但是，无论戏剧形式，还是人物塑造、语言模式，基本上没有完全跳出老舍先生的《茶馆》。

也就是说，人艺风格真正的形成和发展，还有更远的路要走。老本可以继续吃，尊严丧失的小人物的悲剧还可以接着演，但是，需要有新的剧目，特别是续上《茶馆》的香火，完成人们在新时代里的经济和政治的路途和现实生活中努力争取尊严的新人物形象的塑造，让他们出现在我们的舞台上。特别是艺术地实现总理日前所说的这个尊严所包含的政治与经济的含义：第一，每个公民在宪法和法律规定的范围内，都享有宪法和法律赋予的自由和权利；第二，国家的发展，最终目的是满足人民群众日益增长的物质文化需求；第三，整个社会的全面发展，必须以每个人的发展为前提。这实在是个大主题、大剧目、大制作。但如此意义观看，今日复排《茶馆》，才不仅是一次怀旧，而成为人艺开创新局面的一个先驱。

《骆驼祥子》是人艺对于老舍先生小说的改编，体现了一个时代对于艺术与人性的理解和规范。删繁就简的改写，特别是删去了祥子和虎妞婚后的矛盾和冲突，以及对虎妞和祥子形象的改造，特别是删去祥子最后的堕落，小福子的自杀，人物干净了、单纯了,却缺少了原著的复杂,缺少了老舍先生人性的高度和心理的深度,和作为小说家的老舍笔下的冷酷和不可遏止的对人物的解剖和对艺术的追求相左。老舍先生认为《骆驼祥子》是他的重头戏,好比谭叫天唱的《定军山》。现在来看人艺新一版《骆驼祥子》,虽然舞台全新的调度、演员青春的演绎,令人耳目一新,却似乎并没有自20世纪50年代和粉碎"四人帮"后的演出范式里走出多远,依然轻车熟路地延续着旧有的惯性思维与方式,这多少让我有些不满足。

当然,这样的删削,是一代艺术和艺术家的局限和无奈。1955年新版《骆驼祥子》,老舍先生自己也删削了小说最后的一章半,并获得当时文艺界的好评。日本汉学家老舍研究者杉本达夫说过老舍有阴阳两面,阳的一面是保持自己原型不变的老舍,阴的一面是自觉不自觉脱离了自己原型的老舍。他还说一个老百姓的老舍和一个知识分子的老舍,一个谁来订货就拿货给谁的写家和一个灵魂深处呼唤主题的作家,一直矛盾着冲突着。今天,在演出的老舍先生这三个剧中,我以为人艺艺术家最能施展艺术天地的,是《骆驼祥子》。因此,我特别期待人艺对于《骆驼祥子》有大刀阔斧改造的新演出版本,希望能见到人艺更为自觉努力地还原一个真实而伟大的老舍先生。

最难演的是《龙须沟》,导演心里很明白,我看戏的那晚顾威先生一直站在剧场的最后,多少有些紧张地看观众的反应。尽管他一再强调这部戏定位于重寻人的尊严,让程疯子重返舞台的心理线与行动线去淡化修沟的外部戏剧动作,努力向老舍先生当年真诚、真实的艺术靠近,或者说努力想还原一个真实与艺术的老舍。但是,老舍先生自己清醒得很,他早在写剧本之时就清楚:一、缺乏故事性;二、缺乏人物在日常生活中的描写。所以,他说:"在我的二十多年的写作经验中,写《龙须沟》是最大的冒险。"显然,近六十年后的重新冒险,让我们看到的是老舍先生和人艺艺术家内心不可为而为之的另一侧面,是政治与艺术的热情探索、交融、试水与博弈。尽管演程疯子的杨立新尽力尽心,演出后不止一位观众感慨说他的戏份太少,勉为其难。

再说电视剧《龙须沟》。前面已经提过老舍先生自己说过的话:"在我的二十多年的写作经验中,写《龙须沟》是最大的冒险。"同时,老舍先生自己又特别指出《龙须沟》:"须是本短剧,至多三幕,因为越长越难写。"如今,李成儒执导并主演的电视剧《龙须沟》铺排成了三十集,肯定是对老舍先生怀有感情,并且是知难而上。

只是,李成儒执着并标榜的北京味儿,并不能支撑起这样庞大的铺排;更重要的,所谓地道的北京味儿,并非老舍先生的唯一和精髓。

在创作《龙须沟》的时候,对其中的人物,老舍先生曾经明确地说:"刘巡长大致就是《我这一辈子》中的人物。"丁四就是《骆驼祥子》里的祥子,"丁四可比祥子复杂,他可好可坏,一阵明白,一阵糊涂……事不顺心就往下坡溜。"老舍先生没有说程疯子来源于谁,但应该是他在1948年至1949年创作的长篇小说《鼓书艺人》里的方宝庆,如今电视剧里的程疯子也叫宝庆,看来也是顺着那一脉繁衍而下的。

问题是,电视剧里的这几位重要人物都与老舍先生的作品相去甚远,肆意改动的编排,远离了老舍先生对时代的认知和对艺术的把握。以程疯子为例,如果说他的前史确实来自方宝庆,如今却已经找不到一点儿《鼓书艺人》里的方宝庆的影子了。电视剧《龙须沟》和电视剧《四世同堂》一样,过多地加重了人物抗争和革命的色彩,这当然没什么不好,却有些置老舍先生的文本于不顾,说不客气点儿,有些把老舍先生当成一件光鲜的衣裳披在自己自以为是的身上,但这已经不是老舍先生本人了。

小说里写到的方宝庆,其性格老舍先生说是,"世故圆滑,爱奉承人,抽冷子还耍耍手腕"。当然,这是社会使然,为生存所迫,他是属于被侮辱被损害的人。他也抗争,也和革命者孟良接触并受其影响,但写得都很有分寸,没有离开作为艺人说书生涯和作为父亲和养女秀莲关系的范畴,他最大的愿望是建书场,办艺校,就是卖艺不卖身,"'你不自轻自贱,人家就不能看轻你。'这句话可以编进大鼓词儿里去"。他的抗争和革命,便和他和秀莲的残酷命运,和自己的愿望的无情破灭,这样两条线息息相关,体现了老舍先生现实主义的非凡笔力。

如果电视剧能沿着这样的脉络和根系铺排发展和改编,进而一步步把这样一个艺人逼疯,在新社会重新焕发艺术的青春,实现他苦求的愿望,也可能会是一部不错的作品。可惜,电视剧里的程疯子基本上偏离了这两条线,外加上为抓写报道的进步学生孙新而将程疯子抓进牢房,程疯子为找地下党而给丁四下跪等情节,和走得更远的丁四袭击美国大兵、偷拉孙新出城等情节一样,背离了人物的性格,而且,使得对立面黑旋风等反派人物完全脸谱化、漫画化,将蕴含着深刻而丰富的社会和人性内涵的老舍先生的作品简化和矮化了。

至于增添的周旅长的太太和京剧演员杨喜奎的戏份,走的则是张恨水先生《啼笑因缘》的路子,更是和老舍先生大相径庭。

这就牵扯到对于老舍先生的理解。老舍先生的作品延续着他一以贯之的对下层百姓的世事人情的真实描摹,揭示世道与人心两方面:既有对于不合理世道的抗争和未来新生活的企盼,同时也有对人心即国民精神自身的批判和期待。无论程疯子和方宝庆,丁四和祥子,并非完全同属一人,前后所处的时代也不一样,但他们的性格是前后一致的,老舍先生对他们的认知是一致的,可以编排演绎出新的情节和主题变化来,但不该太离谱去随心所欲,或为迎合今日的需求而随意更改。

对老舍先生的尊重,首先应该体现为对其作品的尊重,改编其作品尤其要体现这种尊重。老舍先生不是一块肥肉，可以任我们由着性子为我所需地随意切割，然后猛添加作料，烹炒出符合我们自己口味的一道杂合菜，还非得报出菜名说是老舍先生的。

2009 年岁末于北京

"小说家的散文"丛书